竜の血族

柿山 由子

Yuko Kakiyama

文芸社

竜の血族◯目次

プロローグ・樹と少女

その村には、樹《き》があった。

高く、高く、天突くように。

広く、広く、枝を広げ。

青空の日、樹は木漏れ日を人々に投げかけた。

雨降る日、樹はずぶ濡れになることから人々を守った。

風が吹くと、緑の葉は抜け落ちた羽根のように舞う。村人たちは、その羽根を振り仰いで涼やかに笑った。

そんな暮らしが、その村にはあった。

集落は、樹を囲むようにして存在していた。

樹の雄々しさに魅せられた人が、幹にそっともたれかかり、その居心地のよさに思わず腰をおろした……そんなふうにしてひとり、またひとりと人々が集まったために村ができたのではなかろうか……と想像させるに充分な存在感をもって、樹は村の真中《まなか》に立っていた。

その樹の頂《いただき》に、少女がひとり、いた。

今は、あふれんばかりの木漏れ日が降り注ぐ季節——夏。その夏の日射しを誰よりも高いところで、その少女は受けていた。

大樹といえども、上へいくほどその枝は頼りなく、か細くなる。少し身動きをすればたわみ揺れる枝であるにもかかわらず、腰をおろしている少女に不安そうな様子はない。むしろ裸の足をぶらぶらとさせ、みずからその不安定さを楽しんでいるようにも見える。

夏の風が吹いた。清々しい風。少女の長い黒髪が宙に散らばる。ときに頬に張りつくその髪にも、彼女は頓着しない。なぜなら、少女の両手はすでにふさがれていたからだ。

彼女の腕の中には、白い球体があった。

どんな男の頭よりも大きいその球体を、彼女は大事そうに抱えていた。

指の腹で、傷つけないように、そうっと、そうっと撫でさする。その度に球体は、白くやわらかな靄《もや》を、その体から放つ。

——キューイ、キューイ。

靄とともに響く甲高い音。その音は、摩擦によって生じたものであるのだろうが、それにしては幾分生き物じみていた。その球体から、大樹に繋がる緑の緒が伸びていなければ、それが木の実であるとは到底思えなかったろう。

少女は、その球体——木の実を抱きあげると、顔を近づけた。透明にも近いその白さは、少女の琥珀の瞳を映しだす。頬ずり。そして口吻《くちづ》け。木の実を支える彼女の指先からは、愛しさがあふれていて……。

また、風が吹いた。

今度は、少しつよく。

その風に、少女は我に返ったようだ。

木の実ばかりを見つめていた瞳が、景色を映しだす。村に迫る、暮れ方の気配。

そうするともう、彼女は樹を降り始めていた。

やさしく、木の実を手放して。


「今年も、また《竜樹《ルエナ》》がいい実をつけよる……」

杖を片手に、よろめくように樹に歩み寄ったのは、老爺《ろうや》である。愛でるように樹皮に触れた老爺は、大樹を仰ぎ見た。老爺は皺だらけの顔で陽の光を受けながら、目を細める。

「今年の実はまた……ずいぶんと高みにあるのう……これは……楽しみな……」

手にした杖を、ぎゅっと握り締める。色素の薄いその瞳に浮かんだのは……戸惑い。

「あれは……〝あの子〟？」

老爺は細めた目で、何かを捜すように視線を彷徨わせた。

「これはまた……今年もまた〝いちばん〟を攫《さら》うのはあの子になるのかのう……？」

――がさがさがさっ。

ふいに、木の葉がざわめいた。老爺の視界を遮る落ち葉たち。まばたきをする間に、もう〝あの子〟は老爺の眼前に立っていた。

「シャーナ」

老爺は、〝あの子〟の――少女の名を呼んだ。

呼ばれた少女は老爺を見ることもせず、足裏《あしうら》を気にしている。樹から降りるときに擦りむきでもしたのだろうか。

「シャーナ。また《竜の実《カッテラ》》の世話を？」

老爺が問いを口にすると、少女はようやく口を開いた。愛らしい唇に相応しくない、ぶっきらぼうな返事。

「それが何か？　長《おさ》さま」

彼女が老爺を見る目には、挑戦的な光さえある。彼は長と呼ばれる身――少女の一族の頭、村長《むらおさ》であるというのに。

「いや、何というわけではないのだが……」

そうして村長も、この少女の琥珀の眼光にはすっかり気圧されてしまっていた。

誰にも、何も言わせない。誰とも、何も話す気はない。そんな激しい拒絶を、少女は全身から放っていた。

「それなら、行くわ」

少女は村長から沈黙を勝ち得ると、踵を返した。裸足のまま、歩きだす。獣のようなしなやかさで、彼女は去った。

村長はそんな少女の後ろ姿を、ため息とともに見送った。眉間に深い皺を刻み込んで……。

「なぜ、あの子に」

村長の、心からの呟きが洩れる。

「あの子に、あんないい実が育てられるのかのぅ……」

第一部　竜樹

一、竜の宿る樹

竜さん竜さん、あなたはどっち？
竜さん竜さん、あなたは良い竜？　悪い竜？
もしも良い竜ならば、その尾でぼくたち守っておくれ
もしも悪い竜ならば、その尾っぽを巻いて消えとくれ
竜さん竜さん、あなたはどっち？

子供たちは歌う。
童歌《わらべうた》に、この村の伝説を。
《竜樹《ルエナ》》村。
その村の名となった大樹を囲んで、子供たちは歌う。
手を繋ぎあい。ぐるぐるぐるぐる、回りながら。
明るい歌声。

陽気な足取り。

良い竜さん、守っておくれ
悪い竜がやってきて、ぼくらを狙う
炎でぜんぶ、焼き尽くす

しかしその歌声にのせられる文句は、残酷な物語へと変化してゆく。子供たちの知らぬままに。

悪い竜は、どこかへ行った
良い竜は、死んじゃった
竜はみんな、消えちゃった
けれど聞こえる、悪い竜の啼き声が
悪い竜まだ……

「あんたたちっ！　その歌を最後まで歌ったらいけないって何度も言ってるでしょ！」

子供たちの輪に、走り寄る娘たちの群れ。彼女たちは怒りで顔を赫《あか》くし、拳を振りあげている。子供たちは、娘たちに気づくと、わぁーっと声をあげて逃げ散らばる。怒られることを前提で楽しんでいた、そんな表情で。

一方、娘たちの方はずいぶんと真剣であるようだ。彼女たちは彼らを取り逃がすと、苛々したように大樹の元に腰をおろした。

「まったく！　誰もあたしたちの気持ちわかってくれないわ！」

そこに集まった六、七人の娘たちは皆十四、五といった年齢である。しかし彼女たちの表情は険しく、若さはどこか奥深いところに隠されてしまっている。

「村の男たち、村長さま……それに父さん母さんだって！　絶対にどっかで〝他人事《ひとごと》〟だって思ってるんだから！」

娘たちは次々に悪態をつき始める。その初々しく可愛らしい顔に似合わない、口汚い言葉で。

「でも……そこまで言うことないんじゃない？　苦しみを感じてるのはみんな同じなのよ……本当は生贄《いけにえ》なんて差しだしたくないんだから」

ひとりの少女が皆をたしなめるように口を開くと、

「ウィナ！」

今度はその少女が攻撃の対象となる。娘たちは鋭い眼ざしでその少女――ウィナを睨んだ。

ウィナは、彼女たちに気づかれないようにそっとため息をつく。

（怖いのは、わたしだって変わらないのに……。子供たちだって、何も知らずに歌っていただけだし……）

たぶん、〝生贄〟という言葉をうっかり使ってしまったのがいけなかったのだわ、とウィナは反省する。この時期にその単語は、あまりに直接的すぎる、と。

ウィナは大樹、竜樹にそっともたれた。そのまま、天を仰ぐ。

彼女の茶色の長い睫が、その聡明そうな面《おもて》に影を落とした。

目鼻立ちのくっきりした容貌《かたち》だった。ウィナという少女は。その顔の端々に、彼女のつよい意志が宿っているかのような。

（〝良い竜さん〟……わたしたちを守ってくれた、竜さん）

頬をそっと樹につけると、樹の鼓動を感じることができる気がした。いや――〝気〟ではないと、ウィナは信じている。

（良い竜さん……わたし知ってるわ。あなたに温かい〝心〟があるってこと。あなたが争いが嫌いだってこと。どれだけやさしい瞳でわたしたちのこと、見おろしてくれているのかっていうこと……）

ウィナは心の中で呼びかける。思うのではなくて。伝える。大樹に。

もちろん大樹は、風にその葉をざわめかせるだけで、答えなどしない。しかしそれでも、ウィナは確信していた。自分と大樹は〝会話〟をしているのだ、と——

（ねぇ竜さん……だからつらいでしょうね。あたしたちが、こうやって醜い諍いを起こすこと……）

でもこの諍いは必然。ウィナは口中で小さく呟いた。十年に一度必ず起こる、若い娘たちの醜い感情の爆発……。

（しょうがないのかしらね？　死ぬのは誰でも嫌だもの……）

ウィナは、もう一度視線を上に向けた。

他の娘たちは、顔を寄せあってひそひそ話を始めている。その輪に加わらなくても、ウィナは彼女たちの話題がなんであるかを知っていた。

(本当に、もうすぐね……)

そうしてまた、彼女もまた同じことに想いを馳せる。

《籤引き《イティア》》の日。

ルエナ村で十年に一度行われる、その儀式は十日後に迫っていた。

その日、村中の十五歳までの乙女《おとめ》が集められる。限りなく不吉な籤を引くために。

それは、生贄を選ぶ儀式——

ルエナ村の伝説は語る。

かつてこの大地には、邪悪な竜が跋扈《ばっこ》していた。《悪竜《トラッチエスタ》》と呼ばれるその竜たちは、その大足で人を踏み砕き、吹く火炎で村を灼《や》いた。あるいは、尖った爪の先で人を抓《つま》み殺し、巨大な口に片端から放り込んだ……。

村人は絶望し、ただ滅ぼされるのを待った。

しかしその《悪竜》に立ち向かったものがある。

人ではなかった。

竜である。

今は《善竜《ラッティエタ》》と呼ばれるその竜は、たった一匹で多くの《悪竜》に戦いを挑んでいったという。そうして、彼は勝利する。

彼は《悪竜》を火の山ティラドゥエルの火口まで追いつめたのだ。逃げ場を失った《悪竜》は次々と火口の中へと身を投げた……。

村を守ってくれたその竜を、村人は手厚く迎えたが、その戦いで負った彼の傷が癒えることはなかった。《善竜》は長い尾で自らの身体を抱くようにして、永き眠りに就く。村人は彼の巨体を村の中心に埋め、感謝の祈りを捧げた。

現在村の中心にそびえる《竜樹》。その樹こそが《善竜》の生まれ変わりであるというが……。


伝説はここに、終わらない。

《悪竜》は生きている。

深く昏《くら》いティラドゥエル山の火口の中で、彼らはその命を繋いでいったというのだ。

《悪竜》は火口の底で、静かに身を横たえ眠っている……ティラドゥエル山を抜けだして、いつか再び大地を踏む、その力を蓄えるために。

それを、村人たちは信じている――だからこそ残っているのだ。〝儀式〟が。

《悪竜》は十年に一度目を醒まし、餌《え》を求める。

彼が目醒めたときに腹を空かせ、暴れれば、ティラドゥエル山の噴火を招きかねない。

それを防ぐために、ルエナ村では竜の目醒めの日に生贄を捧げる習わしとなっていた。

その生贄を選出するのが、《籤引き》の日。

だから村中の娘たちは怖れる、自分が竜の餌となるのではないか、と——

（たしかに、《籤引き》の日ももうすぐだけれど……）

ウィナは木の葉のざわめきを聞いて、かすかに唇をゆるめた。

（みんな、何か忘れてやしないかしら。同じ儀式なら……こっちの方がずうっと楽しいのに！）


——がさがさがさがさ。

やがてそのざわめきは、誰の耳にも届くほど大きくなる。そうして娘たちは、いっせいに顔をあげた。彼女たちの表情がようやく年相応のものになる。娘たちは笑ったのだった。

やや気恥ずかしそうな笑み……。

樹から、男たちが降りてきていた。

雄々しい村の男たち。彼らは皆額に汗を浮かべていた。

「ねぇねぇ、今日はどこまで登っていたの？」

「今年の実はどう？　誰の実がいちばん素敵なの？」

ウィナを除く娘たちは、あっという間に男たちを取り囲んでしまう。そんな彼女たちの様子を見て、ウィナは呆れたように肩をすくめた。

(でも、みんなの目当ては《竜の実《カッテラ》》なんかじゃないみたいね？)

馴れ馴れしく男たちの逞しい腕に触れて微笑む十五を越さぬ娘たちは、すでに女の媚態を身につけている。それは、本能なのかもしれない――とウィナは思った。生き物が、生き物であるために欠くことのできない本能……生きのびたい、という。

生贄を選出する……《籤引き》。

それは村に代々伝わる聖なる儀式であるはずなのに――必ずしも公平に行われてきたわけではないことを、ウィナは知っている。その儀式が人の手によるものである以上、どこかに〝抜け穴〟はあるものだ。

ウィナは男たちに群がる仲間の輪から少し離れてしゃがみ込む。もちろん、ウィナとて生贄になどなりたくない。死ぬことは怖い。けれど、彼女たちのように男たちに色目を使う気にはなれなかった。その代わりに、ウィナはその視線を《竜樹》に向ける。

琥珀色した瞳は、ルエナ村で生まれた誰もが持つものだった。しかしウィナの眸《め》には、他の娘たちにはない何かが宿っている。

彼女があちこちに振り向ける眼ざし。そこには、あらゆるものへの尊敬と感動がこめられていた。何を見ても、ウィナは眉をひそめたりしない。やさしく、静かに微笑んでいるのが常だった。それはときには逆に、他の娘たちから距離を置かれる原因にもなってはいたが……。

「ねえねえ、今日は誰がいちばん高くまで登っていたの？」

娘たちはしつこいともいえるぐらいに、男たちに問いかける。初め、軽く笑ってその質問を受け流していた男たちだったが、やがて彼らは少し困ったように、

「……まいったな。そういうことを訊くなよ、いつだって《竜樹》のてっぺんにいるのは、おれたちじゃないんだから！」

と答えた。

それを聞いて、娘たちは表情を硬くした。

「また……〝あの子〟なの？」

娘たちの非難するような口調をかき消して、男たちは騒ぎ始める。

「ああそうさ！　まったくあいつはすごいよ。どんなに風が吹こうと、枝がしなろうと、

そんなのお構いなしに上だけ見てするする登ってっちまうんだからな！」

「まあ、あの華奢な身体だから枝が折れる心配なんかしなくていいんだろうけど、それにしたってなあ。お手上げだぜ」

「それで、怖がるでもなくあんな不安定な場所で悠然としているんだからな。一種の才能かね、あれは！」

〝あの子〟の話題に、娘たちがたちまち不機嫌になっていくのを、男たちはどうやら察知できずにいるらしい。彼らは娘たちそっちのけで盛りあがり始める。

そこへ――

〝あの子〟が降り立った。

さやかな葉ずれの音。洩れ落ちる光。ウィナはその瞬間を見た。

丈高い男たちの頭よりもまだ高いところから、彼女は音もなく飛び降りた。彼女は確かに二本足で立ったのだったが、なぜかウィナは四つ足でうつくしく着地する猫を想像した。

それは静かな登場だったのだが、皆はいっせいに振り向いた。

そうさせずにはいられない存在感が――彼女には、あった。

日焼けした浅黒い肌は雄々しさを、裸足のかかとは逞しさを、ややきつめの眼ざしは意志のつよさを、それぞれ表していた。そしてそれらを併せ持つ彼女本人は、なんとも〝綺麗〟なのだった。

華麗、なのではない。

綺麗なのだ。

まるで野生の獣のように、生き物として。

彼女は目鼻立ちも整っていたために、よりその綺麗さは完璧なものとなっている。

ウィナはため息のように、彼女の名を呼んだ。

「……シャーナ」

彼女――シャーナは衣服の汚れをはたき落とすと、すっくと立った。背筋の伸びたうつくしい姿勢……。

男たちの視線は釘付けだった。娘たちは悔しげに目をそらした。

「シャーナ。あなたはいいわよね」

娘の中のひとりが挑戦的な視線をシャーナにぶつける。続いて彼女が口にしたのは、

「女の身で、《竜の実》を育てられるんだもの、さぞかし鼻が高いでしょう？　こんな高い樹に登るだなんて男みたいな真似、わたしたちにはとてもできないわ」

やわらかな物言いの下に隠した、皮肉だった。他の娘たちもしきりにその言葉に相づちを打っている。

「そうして、今年も《竜王《ルデル》》の座を攫っていくのよね？　村長さまはきっと、あなたを褒めるでしょうね！　すばらしい《竜の実》を育てられる、村にとっては大事な身だもの、きっとあなたを〝候補〟から外すのよ！　みんなが怖れる《籤引き》の日も、あなたにはなんの関係もないってわけよね！」

「籤はあたしも引く」

シャーナは首を振るい、額にかかったままの黒髪をうるさそうに払うと、そのつよい眼ざしを誰に向けるともなく短く答えた。

「だからといって別に怖くはないけれど？」

「え……？」

「どうせ、いつかは死ぬんだし。誰も彼も」

淡々としたシャーナの言葉に、娘たちは一瞬怯み――

「じゃあ」

去っていく彼女を止めることができなかった。

「……おれたちも行こうか。他にも仕事はあるんだし、おやじたちにどやされちまう」

続いて男たちもシャーナの後ろ姿を追うかのように姿を消す。とたんに娘たちの不満が爆発した。

「何よあの態度！　ちょっといい気になってるんじゃないの！」

「自分が選ばれない自信があるのよ！　村の男たちをまるめこんだりしてさ。だからあんなに平然としているに違いないわ！」

「だいたい、野蛮なのよ！　男たちに交じって木登りなんか！　男たちも、なんでシャーナみたいなのをもてはやすのかしら、わからないわ！」

娘たちの罵詈雑言を、ウィナはろくろく聞いていなかった。シャーナに対する彼女たちの嫉妬や羨望は今に始まったことではなかったし、特に関心もなかったからだ。

それに——

（……シャーナ）

ウィナの脳裏には、すれ違うときに見た彼女の横顔が焼きついていた。何にも怯まない凛とした眸《ひとみ》。獣の気高さを持つ、自分と同じ歳の少女。男たちと一緒になって《竜樹》に登り、男たちより立派な《竜の実》を育てることができる少女。

ウィナは常日頃から、シャーナを羨んでいた……妬み抜きで。自分にないものをたくさん持っている彼女に……憧れていた。

（でも……なぜかしら？）

彼女は怖くない、と言った。死ぬことは、怖くないのだと。そう迷いなくきっぱりと言い放ったシャーナに対して……なぜだかウィナは、いつもの憧れとは違う感情を抱いていた。

彼女の横顔。誰のことも見ようとしない琥珀の瞳。

（なんだか今は……哀しいわ……）

ウィナは再び《竜樹》にもたれかかった。そっと腕を回す。

計ることのできない、シャーナの心を抱くように。

二、竜の実

夏も盛り……。

儀式が近づいていた。

《籤引き《イティア》》の日ではない。

それよりも先に、めでたい方の儀式がある。祭り、と呼んでもいいだろう。《竜の実《カッテラ》》の収穫の日——《刈り入れ《ティーラ》》の日である。

空を求めるように高く、高く枝を伸ばす、竜の名を持つ大樹、《竜樹《ルエナ》》。

《竜樹》は、不思議な樹であった。

この樹は、枯れることを知らない。一年中、やわらかな緑の葉を茂らせている。しかしながら、《竜樹》は花を咲かせることがない。それでも、その樹は毎年夏に実をつける。小指の先ほどの大きさしかない、ちいさな白い実を。

その実は放っておけばやがて萎び、力なく大地に落ちる。実に種は含まれていない。この樹は決して増殖《ふえ》ようとはしない。

しかしその実は、すこし手間をかけてやれば、村人にとって非常に有益なモノに〝育てる〟ことはできるのだった。

初夏、《竜樹》が実をつけ始めるそのときを、決して見逃してはならない。《竜の実》は何日か放置しておいただけでもすぐに生気を失う。

立派な《竜の実》を育てるには、根気が必要だ。できれば毎日、その表面を撫でさすり、愛情を注いでやるのがよい。そしてこの実は——これは非常に厄介なことなのだけれども——日によって違う人間に愛でられたのでは、よく育たないのだった。ひとつの実は、ひとりの人間にしっかりと面倒を見てもらうことによって、大きく、うつくしく、生育する。

また、《竜の実》にはもうひとつ厄介な特徴がある。それは、樹の高い方になっている実ほど上質なものになる、というものである。だから、村の若い男たちは競って《竜樹》に登る。自分こそが今年いちばんの《竜の実》を育てるのだ、と……。

成熟した《竜の実》は、白く輝く、硬い殻のような外皮を持っている。その皮に穴を穿ち、実を傾ければ、中からは香り立つ澄んだ液体が流れだす。

それは天の恵み——自然が造りだした美酒なのだった。

《竜酒《トエラ》》と呼ばれるその酒は、ここルエナでしか手に入らない貴重なもので、街に持っていけば高値で取引される。それは村の大事な収入源だ。また、ルエナ村の行事で神酒《みき》としても用いられている。だから、この《竜の実》を立派に育てあげられる人間は、村にとってかけがえのない人材ということになるのだ。その年いちばんの《竜の実》を育てた者は、《竜王《ルデル》》という称号を与えられ、あらゆる恩恵を村人たちから受けることができる。

《刈り入れ》の日は、その《竜の実》をいっせいに摘み取る日——そしていちばん優れた《竜酒》を判別する日でもある。その判別法は容易い。酒の味をみるまでもなく、《竜の実》は大きさでそれを主張しているのだから……。

今年は怖ろしい儀式がそのあとに待ち受けているため、人々の口にあまりその話題はのぼらないが……《刈り入れ》の日まで、わずか三日である。

そして。

多くの男たちのどんな実より、シャーナという少女のものがいちばん大きいことは誰の目にも明らかだった——

「お帰り。もうすぐだねぇ、シャーナ。聞いたよ、今年もまたお前の実は大層立派に育っているそうじゃないかい？　あたしゃ鼻が高いってもんだよ」

《竜樹》から降りたシャーナが帰り着いたのは、ルエナ村の片隅にあるあばら屋だ。

シャーナが戸を開け中に入ると、寝たきりの老婆が彼女を迎えた。彼女の顔が皺だらけなのは、満面の笑みを浮かべているためだ。

「……ただいま、ばあちゃん」

シャーナは老婆の傍らに膝をついた。そして――これは村人の誰かが見たら驚いたであろう――微笑んだ。けっしてぎこちなくない笑顔で。

「今年もお前がいちばんに――《竜王》になったら、村長さまが訪ねてきなさるんだろうねぇ！　このボロ屋にさ！　褒美の品をたくさん持って！　ああシャーナ、あたしゃ本当にお前が誇らしいよ！」

老婆はシャーナにおいで、と手招きする。そうして返事を待たずに強引にシャーナを抱き寄せた。

「…………」

シャーナは無言で老婆の胸に抱かれている……怖ろしいほどの、無表情で。その琥珀の瞳は虚ろな輝きを放っていた。

しかし、老婆がシャーナを解放し、その瞳を覗き込む頃にはもう、彼女の表情は変化していた。彼女は……微笑《わら》っていた。老婆に向ける、やさしげな眼ざし。

「ありがとう、ばあちゃん。もし、あたしが《竜王》になったら、ばあちゃんはいっぱいいっぱい褒めてくれる？」

「当たり前のこと訊くんじゃないよ！」

老婆は歯の抜け落ちた口でからからと笑った。

「《籤引き》の日も近いけれどね……何、お前は心配ないだろう。お前ほど優秀な《竜酒》の造り手は、こんなに長生きした婆《ばば》でも見たことがないからね、村長さまも考慮してくださるだろうさ」

「ばあちゃん、籤はみんな引くよ」

「何、心配いらないさ。あんなもんはね、みんな多かれ少なかれ何かしらの小細工をするもんさ。この婆にも覚えがあるよ。ずいぶん昔のことだけれどね。シャーナには、村長さまが、きっと特別なはからいってやつをしてくださるよ」

老婆の言葉に、シャーナは小さく呟いた。そう、やっぱりね。しかしその呟きは老婆の耳には届いていなかったようだ。

「シャーナ。間違っても、当たりなんか引かないでおくれな。この婆をひとりにしないでおくれな」

老婆はシャーナの手を握ってそう、呼びかける。

シャーナは、その手を握り返さなかった。


——助けて。

また同じ夢だ、とシャーナは夢の中で思った。夢の中で、シャーナは冷静だった。夢の中の自分を見つめるもうひとりの自分が、いつでも存在していたから。

——助けて。死にたくない。

髪を振り乱して、少女が走ってくる。少女はシャーナに走り寄る。そして抱き締める。

——嫌。嫌よ。どうしてシャーナを置いていけるの？　あたしがシャーナを育てないでいったい誰が育てるの？　この子にはあたししかいないの。あたしにこの子しかいないように！

抱き締められているシャーナは今のシャーナではない。もっと小さい……幼いシャーナだ。

——おねえちゃん。苦しいよ。放してよ。

幼いシャーナは訴える。姉に。

——嫌よ。嫌。だって今シャーナを放したら、二度とこうやって抱き締められなくなるって決まっているのに。

——どうして？

——あたしが死ぬからよ！

——死ぬって何？

——いなくなるっていうことよ！　もうシャーナには逢えないっていうことよ！

幼いシャーナはようやく取り乱す。

——どうして。嫌だよ。おねえちゃんがいなくなっちゃうなんて、そんなの嫌だよ。どうして。シャーナが悪い子だから？

——違うわ。シャーナは悪くないのよ。き、ま、り、だからよ。

——誰が決めたの？

——村の人たちよ。

——村の人たちって、誰？

——誰っていうわけではないのよ。昔の人だから。

――そんな昔の人の決めたことなんて、知らんぷりしちゃえばいいんだよ。

――駄目なのよシャーナ。生贄を捧げなければ竜は怒るわ。火の山ティラドゥエルが狂ったらどんなことになるか！　みんな……みんな死んでしまう！　わかってる、わかってるの。でも！　でもどうしてあたしなのよ！　どうして他の誰かじゃないのよ！

――お姉ちゃん。

――助けてシャーナ。助けてよ！

と、急にその抱擁がとかれる。いつの間にか姉の肩には無数の黒い手が絡みついている。黒い手は彼女を引っぱる。そして連れていく。奈落へと。

黒い手は空間にぽかりと開いた、深い穴から伸びている。狡猾な蛇のように……。

――嫌っ！　助けてシャーナ！　シャーナぁっ！

叫びとほぼ同時に、姉の姿は穴の中へと消える。シャーナは穴を見つめたまま動かない。動けない。ただ呆然と、立っていることしかできない。

――助けて。助けて。助けて。助けて……！

消えない叫び。そして夢が終わる。シャーナは目を醒ました。

（また、いつもと代わり映えのしない夢……）

シャーナは寝具の中で身じろぎした。隣では、彼女が〝ばあちゃん〟と呼ぶ老女が寝息を立てている。

（《籤引き》の日まで、あと……）

シャーナは来るべきその日を、指折り数えた。そうして、ふ、と苦笑を洩らした。

（確実に時は流れているのに、夢ばっかり何年も前から変わらないなんて、変だわ……）

幾度も幾度も繰り返し見る夢。それは十年前から続いていた。十年前の……《竜鎮めの儀《アトゥーラール》》から、ずっとだ。

十年前のあの日までは、シャーナには庇護者がいた。やさしく、うつくしかった姉。両親を早くに病で亡くした姉妹は、寄り添うように生きてきた。守り、守られ、まだ稚《おさな》い二人にとって、互いが互いの支えだった。

しかし、その支えは突然消え去った。

シャーナの姉は竜の生贄となった。村の〝きまり〟という名のもとに、シャーナのいちばん大切な存在は奪い取られたのだ。

最初の頃は夢を見るたび泣いていたシャーナだった。しかしもう、涙を流すどころか汗ひとつかかない。

この夢が想像の産物であることを、シャーナは知っていた。彼女は、姉が火口へと落ちていく様をその目で見たわけではなかったから。

その年の《竜鎮めの儀》の当日、シャーナは見知らぬ老婆の腕の中にいた。たったひとりの肉親である姉を失ったシャーナは、村の老婆に引き取られたのだ。老婆は子供を病で亡くし、自分の面倒をみてくれる若者を探していた。その人を、今シャーナは〝ばあちゃん〟と呼んでいる。姉の死を聞かされたのも、この〝ばあちゃん〟の家でだった。

（《悪竜《トラッチエスタ》》……）

シャーナは火口深くに眠っているという竜に想いを馳せた。

姉が生贄となってから、シャーナはずっと伝説の《悪竜》のことばかりを考えてきた。

十年に一度目を醒ましては人の肉を、血を欲するという竜。

緑色のごつごつした鱗。

紅に光る眼。

鋭い牙。

長い尾。

村人から竜に関して聞けたのはそれだけだった。そこからシャーナは竜を想像した。いつしかその姿は、シャーナの頭の中ではっきりとした形を取り始めた。瞼を閉じればいつでも、鮮明に彼女なりの《悪竜》の姿を思い描くことができた。

姉を喰らったであろう悪しき竜。しかしシャーナはその竜を憎まなかった。

(竜はきっと、落ちてくるものを見境なく喰らうだけ。何も考えず、噛み砕くだけ。それが誰であろうときっと関係ない。だから……いい)

竜は、選ばない。シャーナは寝具の中で小さく呟いた。シャーナは琥珀の瞳を〝ばあちゃん〟に向ける。何度かゆっくり、まばたきを繰り返しながら。

――何、心配いらないさ。あんなもんはね、みんな多かれ少なかれ何かしらの小細工をするもんさ。

籤引きに対しての老婆の言葉を思いだして、シャーナは口元を歪めた。笑みに見えないこともない、微妙な歪み……。

(人は、選ぶ。いる人間と、いらない人間とを……)

病を患ってから、身体を悪くした姉。彼女は普通の女の半分も働けなかった。そんな娘がさらに幼女――妹シャーナ――を養おうとしていたのだ、姉妹は村のお荷物だった。そして姉は当たり籤を引いた。生贄に〝選ばれた〟。

正直者だった姉。人を妬んだり羨んだりすることを知らないその純真さが、彼女を追いやった。ティラドゥエル山の昏き穴の中へと……。みんながしていたという、〝何かしらの小細工〟をしなかったがために。彼女はあまりにも無防備だった。村のしきたりごと。その表面だけをまるまる信じて、その裏にあるものなど考えてみようともしなかった。

その腕に抱かれていた頃は愛していた姉の純真さを、今ではシャーナは……馬鹿だと思っている。

(あたしは、あの人のようにはならない)

シャーナは身体を丸め、膝を抱えた。つよく思うほど、腕にも力がこめられてゆく……。

(あたしは、選ばれない。誰にも。絶対に)

暗闇の中で、シャーナは目を見開いていた。

まるで、何かを睨みつけるかのように。

三、刈り入れ

彼女は獣のしなやかさで、《竜樹《ルエナ》》に飛びついた。

見守る村人たちは洩らす、感嘆のため息を。

《刈り入れ《ティーラ》》の日——

村人たちはひとり残らず《竜樹》の周りに集まっていた。

村長《むらおさ》を筆頭とした、村の役人たちが大樹近くに陣取っている。彼らの合図で、村の男たちはいっせいに樹に登り始めた。

その中にひとりだけ娘が交じっている。シャーナである。そして娘は村のどんな男たちよりも素早く、華麗に大樹を登ってみせたのだった。

《竜樹》のてっぺんに、シャーナはいつものように腰をおろした。ゆらり、ゆらり。枝が今にも折れそうに揺れる、揺れる、揺れる。

しかしもちろんシャーナは涼しい顔である。彼女は今まで大事に育ててきた《竜の実《カッテラ》》をその腕に抱くと、懐から短剣を取りだした。蔓にその刃をあてがう。

「………」

シャーナはいったんその手を止めると、眼下を見はるかした。何かの虫のように蠢いているのは、村の男たち。村娘たちが手放しで褒めちぎる、村いちばんの男連中よりも、今自分は高いところにいる……。

――ぷつり。

今度こそシャーナは蔓に刃を入れ、白く輝く実をその手に抱き取った。

「………」

シャーナはしばらく無言で、その実を撫でていた。キューイキューイ、と実が音を立てる。幼子《おさなご》をあやすように、シャーナは頬を寄せる……。

そうしてシャーナは、囁いた。小さく。細く弱い声で。

「ごめん」

猫に似ていると評判の勝ち気な瞳が、その瞬間ばかりは切なげに曇って……。

シャーナは手を伸ばした。両手に実を持ったまま。実を支えていた彼女の握力は徐々に弱められて――

やがて、掌は、完全に開かれた。

それと同時に、支えを失った実は、目指し始める。

遙か下に広がる、固き大地を。


（あれはシャーナ。シャーナよね？　すごいわ、相変わらず……）

《刈り入れ》の様を少し離れたところで見ていたウィナは、思わず声をあげた。幸いにも、それがシャーナに対してのものだということは、居並ぶ娘たちには気づかれなかったようだ。

「やっぱり〝あの子〟なの？」

村娘たちは、《竜樹》を軽々と登っていくシャーナを、面白くなさそうに眺めている。

（すごい。本当にすごいわ。早く見てみたい……彼女がどんなすばらしい実を育てたのか！）

ウィナは胸の前で手を合わせた。彼女の瞳は期待に輝いている。

ウィナは自分でも、なぜこんなにシャーナに入れ込むのかわからなかった。ただ……どうしようもなく惹かれていた。

自分は持っていない何かを、彼女は持っている。自分にはできない何かを、彼女は成し遂げる。そんな気がして……。

「シャーナが登頂《つい》たぞーっ！」

樹の上から、誰かが叫んだ。

ウィナたち地上の人々からは、《竜樹》のてっぺんは見えない。それでも彼らは仰ぎ見ている。大樹を。

誰も、樹を降りてくる者はいない。それもそのはず、男たちはまだ樹を登っている最中なのだ。しかしシャーナはもう、辿り着いたという。そしておそらく彼女は、登ったときと同じしなやかさで、樹から降りてくるのだろう……その場にいた誰もが信じて疑わなかった。今年もまた、あの少女が栄光を手にするのだということを。

もちろん、ウィナもその中のひとりだった。

（早く、早く——）

誰よりも早く降りてきて。その手に輝くばかりの《竜の実》を抱いて。その瞬間だけはきっと、嫉妬も忘れて誰もがあなたに見とれるだろうから……ウィナは期待に高鳴る胸を鎮めるために、そっと息をついた。

その刹那だった。

空から、その年いちばんの《竜の実》が降ってきたのは——

(……え?)

ウィナは目を疑った。今のは……何?

村人たちの間を支配する、しばしの静寂。しかしそれはすぐに喧噪へと変わった。

——ざわざわざわざわ……。

ウィナは何が起こったのかわからず、呆然と立ちつくしていた。樹の周囲に、村人たちが集まり始める。ウィナたちはそれを遠巻きに眺めていたのだが……。

「なんということじゃ! シャーナの奴……せっかく育てた大事な〝実〟を……取り落としよった!」

村長の大声に、ウィナはびくっ、と身体を震わせる。

(え……? 今、なんて言ったの?)

次の瞬間、ウィナは村娘たちの群れから抜けだし、《竜樹》目がけて駆けだしていた。

「どいて! どいて頂戴!」

おとなしいウィナの常ならぬ剣幕に、人垣を作っていた男たちはあわてて飛び退く。細腕で彼らの肩を押しのけて、押しのけて……。そうして彼女はその〝惨状〟をまのあたりにすることになった。

まず、息が詰まった。

そのあとすぐに、涙があふれた。

ウィナは口を押さえ……体中を襲うわななきに耐えていた。

（なんてことなの……？）

村長が力なく膝を折って座り込んでいる、その傍らに〝それ〟は在った。

砕け散った白い欠片《かけら》。大地を濡らしていく美酒。年に一度の《竜樹》の贈り物は、無惨な姿を人々に晒していた……。

ウィナは《竜の実》の欠片を拾いあげた。

「痛っ……」

分厚く硬い《竜の実》の皮が、彼女の指先を傷つけた。

（間違いないわ……これは、シャーナの）

ウィナは去年シャーナが育てた《竜の実》を見たことがあった。そのときに見たものよりも、大きく立派であることは、残骸からでもわかった。

「《竜の実》を刈り入れるときは、慎重にとあれほど口を酸っぱくして言っておるのに……」

村長が苦虫を噛みつぶしたような顔で言う。

「シャーナが……慎重でないはずがありません」

知らず、ウィナは言い返していた。

「《竜の実》を粗末に扱う人に、《竜樹》がこんなに豊かな恵みを与えるはずがありません！」

いったいどれだけ大事に、シャーナはこの実を育てたのだろう？　その皮のうつくしさは、なめらかな白磁にも負けない。匂い立つ芳香は、どんな香料にも負けない……。

――ざわざわざわっ。

木の葉が揺れた。

「……シャーナ」

村長とウィナは同時に呟いた。樹から降りてきたその少女は、まるで何事もなかったかのような涼しい顔をしていた。

「シャーナ、これはいったい」

「落とした」

村長の言葉を遮り、シャーナはぶっきらぼうに言う。

「落としたの。手を滑らせた。不注意で」

「しかしシャーナ」

なおも言葉を継ごうとする村長を、シャーナは睨めつけるように見た。その琥珀の瞳に射すくめられるようになった村長は、無礼だと咎め立てすることも忘れてしまったかのように立ち尽くす……。

「もうすぐ、イザルが降りてくる。彼が〝いちばん〟だと思うわ。彼を祝福してやればそれじゃ？」

シャーナはあっさりと物見高い村人たちの間をすり抜けて行ってしまう。気高いこの獣を止めることができる者は、この場にはいなかった。

（どうして？）

ウィナは混乱した頭を軽く振り、《竜樹》にもたれかかった。シャーナの言うとおり、すぐに《竜の実》を持ったイザルが降りてきたが、ウィナは彼には目もくれなかった。

（わたし知ってる……シャーナは誰よりも《竜樹》《あなた》を……《竜の実》《あなたたち》を愛してた。ねぇ、そうよね？）

ウィナは大樹に問いかける。そうだよ……木の葉のざわめきが、彼女には肯定の言葉に聞こえた……。

（考えられない、シャーナが〝不注意で〟実を落としてしまうだなんて）

ウィナは立ち去り際のシャーナの様子を思いだしていた。村長の物問いたげな視線をあっさりとかわしたあとは、彼女は誰にも関心を示すことなく歩み去った。

しかし……。

一瞬。それこそ、ほんの刹那であったが――シャーナは見た。ちらりと、目をやったのだ。足下に散らばっていた、己の育てた〝実〟の残骸に……。そうして、シャーナの顔にかすかによぎった後味の悪そうな表情――それを、ウィナは見逃さなかった。

（もしかして……もしかしたらだけども……）

ウィナはしばし瞳を閉ざし、大きく息をついた。

（わざと……？　だとしたらなぜ？）

村人たちはシャーナのことなど忘れたかのように、騒ぎ始めていた。今年の《刈り入れ》の日は、終了したのだ。イザルという若者が、〝いちばん〟の実を持って降りてきたことで。

ウィナとつるんでいた娘たちは、イザルの周りに駆け寄り、熱い眼ざしを彼に送っている。中のひとりが、ウィナもおいでよ、というように手招きをした。しかしウィナはちいさく頭を振って、それを拒んだ。

ウィナはその場にしゃがみ込み、《竜の実》の欠片を拾い集め始めた。

花弁を拾うかのように、やさしく。


我が家であるあばら屋の戸口に手をかけて、シャーナはしばし動きを止めた。

深く、呼吸する。

すでに〝ばあちゃん〟は聞き知っているだろう……自分が《竜の実》を割ってしまったこと、今年の〝いちばん〟の栄光を逃したことを……。

(あたしは、知ってる……)

シャーナは無表情の仮面を貼りつけたまま、空いている方の拳を固く握り締めた。

(あたしは、知ってる。〝ばあちゃん〟がどんな態度で、言葉で、あたしを出迎えるか……。

それを、あたしは、知ってる）

そうしてついにシャーナはあばら屋に足を踏み入れた。戸の開く安っぽい軋み音が嫌に、シャーナの耳に響く。

「……シャーナ」

老婆はいつもの寝床にいた。その目玉がシャーナを捉えて、ぎょろり、と回転する。血走った眸。それを縁取る目脂《めやに》が彼女のまばたきに合わせて生き物のようにねっとりと蠢いた。

「シャーナ！」

突然、老婆は絶叫した。歳のために弱り切ったその喉のどこに、そんな力が隠されていたのだろう。老婆は怒鳴るようにわめきだした。

「お前はっ！　お前は、なんてうかつなんだい！　この粗忽者がっ！　せっかく！　せっかくもう少しで、今年も《竜王《ルデル》》になれたっていうのに！　たくさんの褒美……みんなの賛辞……ああ！　ああっ、本当にお前はなんてことをしたんだいっ！」

寝たきりの老婆は、そのままの姿勢で手を床に滑らせる。彼女は枕元に、置かれたままの椀《わん》を見つけると、

「このろくでなしがっ！　他に何の取り柄もないお前を、どうして置いてやってるのかわかってるのかいっ！」

シャーナに向かって投げつけた。

シャーナはそれを、よけなかった。椀はシャーナの頬をかすめ、わずかに方向を変えたのち、床に汁をぶちまけた。

シャーナは眉ひとつ……顔の筋肉をまるで動かすことなく、言った。

「わかってる」

老婆を見るシャーナの面には感情を表すものは一切ない。老婆に相対するときには常にその顔に貼りつけられていた、作り笑顔さえも、もう……なかった。

「わかって、いた。誰よりも」

シャーナはしゃがみ込み、床を拭き始める。老婆は容赦なく彼女に罵声を浴びせ続けたが、シャーナはそれを無視していた。いや――彼女には本当に、聞こえていなかったのだ。

その琥珀の双眸は、何か膜がかかったかのようにどんよりと曇っていた。その膜は、シャーナの視界を覆い尽くしてしまっている。彼女の瞳はひどく虚ろだった。床を拭く手がぎこちない。

（そう、わかってた。初めから、知ってた）
――あなたが必要としていたのは、〝あたし〟でないことを。
シャーナは、床を拭き続ける。
その汚れが清められたあともやめることなく。
いつまでも、いつまでも。

四、籤引きの日

《刈り入れ《ティーラ》》の賑わいは長くは続かない。

《竜酒《トエラ》》を囲んでのお祭り騒ぎも、その晩だけのこと。朝を迎えて、酒が抜ければ、村人たちはまた、日常の生活に戻ってゆく……例年ならば。

しかし今年はまだ次の儀式——《竜鎮めの儀《アトゥーラール》》が残っている。

村人たちに日常はまだ、戻ってこない。彼らの間には張り詰めた空気が漂っていた。

若い娘たち。その娘を持つ家族。儀式を取り仕切る男たち。そして村長《むらおさ》。重々しい儀式を迎えるにあたって、明るい顔をしている者はいない。直接関わりのない者たちでも、自分の命が守られるのは〝生贄〟のおかげであるという想いが胸にあるのだ、複雑な表情で日々を送らないわけにはいかなかった。

——十年に一度の生贄には、誰が選ばれるのか。

彼らはそればかりを囁きあって暮らし……気づけばそれが決定する《籤引き《イティア》》の日は、はや翌日にと迫っていた。

その晩は、月のでない暗い夜だった。

ウィナは寝つけずに、ひとり家を抜けだした。

（暗い空……不吉、なのかしら？）

星がひとつ、ふたつ瞬いているだけの暗闇を、それでもウィナは足取り確かに歩んでいた。彼女にはなぜか……わかるのだった。黒一色の世界に包まれても、周辺《まわり》が。それはこの村で生まれ育ったから、というだけではない。

夜風がウィナの黒髪を攫《さら》うように靡かせる。そうして、

――さわさわさわさわさわさわ……。

《竜樹《ルエナ》》の葉をも、また。

その音が、ウィナに報せていた。

危険がないか。進む道を間違えていないか。それはある意味《竜樹》が彼女を――導いていたともいえる。

なぜなら、

――がさがさがさ。

（……何？）

明らかに葉の揺れるものとは違うあわただしい音がウィナの耳に届き、その音を追って目を凝らした彼女の視界に……ある人物が捉えられたからだ。

しなやかな獣の動きを持つ影。でも獣ではない。手に火を、松明《たいまつ》を持っていた。あれは……。

（シャーナ……？）

——さわさわ、さわさわ。

そうだよ、というような《竜樹》のざわめき。

（こんな夜に……どこへ？）

そぞろ歩きにでてきた自分とは違って、彼女はどこかへ向かう途中らしかった。その歩みはゆるぎなく、ひどく速いものであったから。

——さわさわさわさわさわさわさわ。

ウィナの足が動きだす。《竜樹》のざわめきに急かされるように、彼女は足を速めていた。

暗闇に閉ざされたままでも、彼女にはわかっていた、自分がシャーナを追っているのだと。

やがて《竜樹》から離れ、その葉音が耳に届かなくなる頃にはもう、彼女は松明の灯りを見つけていた。

そこは墓地だった。

墓地に揺らめく灯りがひとつ。そこにもうひとつの灯り――シャーナの持つ松明――が近づいていく。誰かと逢う約束でもしていたのだろうか？

（こんな夜中に、墓地《こんなところ》で？）

ウィナは悪趣味だ……と思いつつも、墓地の柵に近づき、耳を澄ませた。

シャーナと向き合っているのは、若い男だった。ウィナはその男の名を知っていた。

（たしかイザルとかいう……今年《竜王《ルデル》》になった人だわ。あの子たちが騒いでいた……）

「よう。怖かったか、シャーナ？　誰にも見られなかったろうな」

シャーナは無言で頷き、イザルに近づいた。イザルはシャーナの肩を乱暴に掴み、引き寄せると抱き締めた。シャーナは抵抗せずされるがままになっている。

そして……ウィナは次にシャーナの発した言葉に、息を飲んだ。

「さあ、教えて」

シャーナは言った。

「当たり籤は、どれ」

と。

（どういうこと……？）

ウィナの鼓動が速くなっていく。動揺のために。

「そう焦るなよ」

イザルは粘つく声でそう答えると、シャーナに口吻《くちづ》けようとした。イザルの手がシャーナの服の上を這う。

「やめて」

シャーナは男の腕をすり抜けた。

「焦っているのはあなたよ。この続きは籤のあとにしましょう。こんなところで、人目を気にしながらなんて、嫌」

イザルは舌打ちをしたが、それ以上はシャーナに触れようとしなかった。シャーナの琥珀の眸が射るように彼を見据えていたからだろうか。

「教えて。当たり籤は、どれ」

シャーナが言う。

「……ああ。籤の棒の先を少し削っておいたんだ。見ただけじゃわからないが、触れば、けば立っているのがわかるはずだ。それが当たりだ」

「ありがとう。じゃあ」

シャーナは男に背を向け歩きだす。

「おい！　もう行っちまうのかよ！」

うろたえたようにイザルが叫んだ。

「見つかったら困るでしょう。あなたもあたしも」

「シャーナ！　約束忘れんなよ！」

「わかってる。籤が終わったら、あたしはあなたのものになる」

シャーナは一度も振り向かずに、そう告げるとその場を去った。

ウィナは、しばらくその場にへたり込んでいた。

（どういうこと？　どういうことなの？）

ウィナの心はその問いで占められていた。頭で考えるならば、とうに答えはでていたのだが。

シャーナは、自分の肉体《からだ》と引き替えに、イザルに当たり籤を教えてもらった。それだけのことだ。おそらく、同じような約束を交わしている村娘は多いことだろう。誰だって、若い身空で死にたくはないのだから。そうわかっていながらも、しかし何か、ウィナはわだかまりを感じずにはいられないのだった。

誰をも寄せつけない強い眼ざしを持つ少女。気高い獣にも似た娘——シャーナ。彼女がみずからの命のために男に媚びる？　肉体《からだ》を売る？　ウィナには信じられなかったのだ。憧れていた〝あの子〟が……他の娘と同じだったなんて！

——さわさわさわさわ……。

夜風が、遠くから《竜樹》のざわめきを運んできた。再び、ウィナを導くかのように。それは、彼女の耳に、

——追いかけなさい。確かめなさい。

という囁きに聞こえていた。ウィナは急いで踵を返す。シャーナの去った方向へ……と考えるまでもなく、《竜樹》はウィナを彼女のもとへ送り届けてくれた。

「……シャーナ」

いつの間にか目前にあったシャーナの背中に、ウィナは呼びかけた。振り向いたシャーナには、別段驚いた様子もない。ただ、

「何」

と短くウィナに問いかけてくるだけである。

「わたし……ウィナ」

その無関心な眼ざしに、ウィナはふと、シャーナが自分の名前を知ってくれているのかどうかも怪しくなって、思わず名乗った。

「知ってる。それで、何」

シャーナの問いは変わらず短い。

「さっき……墓地で……わたし、聞いてた……」

シャーナに気圧され、ウィナの言葉は途切れがちなものになってしまう。

「どういうこと？　シャーナあなた……自分を売るの？　そうまでして《籤引き》から逃れたいの？」

シャーナは悪びれもせず、

「売ったら悪い？　わたしの持っている唯一のものを？」

と答える。ウィナは言葉に詰まった。

「〝みんな多かれ少なかれ何かしらの小細工をする〟ものでしょう」

シャーナは「言いたいことはそれだけか」というような視線をウィナにぶつけてくる。

「でも……でもあなたは……違うと思ってた。ううん……思ってる。それって間違いなの？」

深呼吸のように息を継ぎ、ウィナはようやくそれだけを言った。

「さあ。でも確かなことは」

シャーナはうるさげに黒髪を払うと、そのままウィナに背を向けた。

「わたしはあなたが――他人《ひと》がわたしをどう思おうが気にしないってこと」

松明の灯りが遠ざかってゆく。彼女の歩みに呼応して、ゆらり、ゆらりと揺れながら。

「……違う」

その灯りをぼんやり眺めながら、ウィナは呟いた。

「……違うわ」

一体、何が〝違う〟というのだろう？　ウィナは自分の呟きの意味がわからなかった。

ただ、胸にわだかまった何かしらの違和感が消せないことは事実で。

――さわさわさわさわさわ。

《竜樹》が揺れる。

ウィナはその音を頼りに、家路に就いた。

そして、重苦しい儀式の日は訪れた。

翌日、村の生贄候補の娘たちは皆、村長の屋敷に集められた。

《籤引き》の日――

「それではこれより、《籤引き》を執り行う」

村長がそう宣告すると、今回候補にあがっている二十人余りの娘たちは、皆一様に泣きそうな顔になる。いや――皆、というわけではない。無表情なシャーナ、そんなシャーナを横目で見ている複雑な表情のウィナ……村長の前に座している娘たちの中で、その二人だけが頭《こうべ》をあげていた。

ウィナはちらり、とシャーナを盗み見た。涼しい顔……いつもと同じ無表情。そこには何の感情も読み取ることもできない。恐怖も。不安も。そして、動揺もである。

(昨日の夜のこと、わたしが喋るとは思わないのかしら……？)

村長は、村の男たちに伴われて娘たちの前に立っていた。その男たちの中には、あのイザルの姿もある。

村長は木筒に入った棒状の籤を、がらがらと音をたててかき混ぜると、その筒を隣に立つ男に渡した。渡された男も同じようにして隣の男に渡す。そこにいたすべての男が籤を混ぜ終わると、木筒は村長の手に戻ってきた。娘たちの唾を飲む音が、その場に響く。

「名を呼ばれたら、前にでるように」

村長のその言によって、籤引きは始められた。村の習わしによって、生まれた日の早い順から名が呼ばれる。

ひとりが立ち、ひとりが籤を引くたびに空気が張り詰めたり、ゆるんだりする。

ウィナの番はずっとあとだった。それが果たして運の良いことなのか悪いことなのかは、籤引きの結果がでてみないことにはわからない。

娘たちは皆真剣な眼ざしで籤引きを見つめる。どうか、あたし以外の誰かが当たりを引きますように。彼女たちはそう念じているに違いなかった。もちろん、彼女たちのうちの多くは、〝なんらかの策〟を講じてはいるのだろう。そう——シャーナのように。しかしそういった者が大半では、それとて確実に自分の身を守れるかどうかわからない。だから彼女たちは見つめる。不安に曇った瞳で、祈るように。この籤引きの成りゆきを。

「シャーナ」

村長が発するその名を聞いて、なぜかウィナは自分が呼ばれたかのようにびくっと肩を震わせた。

……緊張していた。

シャーナが、ではない。ウィナがである。掌になぜか、汗がにじみだしてきていた。

当のシャーナは、常と変わらぬ飄々とした体で、村長の前に立つ。

シャーナはぶっきらぼうに手を伸ばして、すべての籤を掴んだ。手の中で籤を転がす。

――がらがら。がらがら。

シャーナは慎重だった。何度も何度も籤を手の中で弄ぶ。

――籤の棒の先を少し削っておいたんだ。見ただけじゃわからないが、触れば、けば立っているのがわかるはずだ。それが当たりだ。

ウィナは昨日のイザルの言葉を思いだしていた。

(間違いないわ……シャーナは、探してる。〝当たり〟を探しだして、それを避けようとしてるんだ……)

言いようのない虚脱感がウィナを包んだ。この感情は何なのだろう？　ウィナはシャーナの一挙一動に反応してしまう自分に戸惑いを覚えていた。

(しっかりしなきゃ。わたしだって籤を引く身……決して〝他人事〟なんかじゃないんだから！)

軽く自分の頬をはたくウィナ。しかしその目はどうしてもシャーナを追っていて……そうして彼女は、見てしまった。シャーナが、ちらりとイザルの方に目をやったのを。

シャーナが、籤を引いた。木筒から一本を選び取り、一気に引き抜く――

とたんに悲鳴にも似た、歓喜の声がわき起こる。

(う……そ……)

ウィナは我が目を疑った。そんなはずはない。そんなはずはないのに……シャーナの引いた籤には、竜の紅い眼の印が描かれていた。それは間違うことなき生贄の印――

「やったわっ！　シャーナが、シャーナが引いた！」

「生贄はシャーナに決まりよっ！」

娘たちが口々に叫ぶ。自分の命を賭けていた彼女たちには、人の気持ちを慮《おもんぱか》ることなどできない。それは、仕方のないことなのかもしれない。

「静かにせよ、娘たち！」

騒ぎ立てる少女たちを村長が一喝する。

「シャーナ」

村長はシャーナの眼を見据えると、言った。

「今日からそなたの身柄はわしがあずかる。よいな？」

「はい」

シャーナはためらわずに頷いた。

（……どうして。どうして？）

ウィナは混乱していた。娘たちがこれで気がかりはなくなったとばかりに、次々と退出していく。しかし、彼女はその場から動けずにいた。

（シャーナは知ってた。わかった、はず。どれが当たり籤であるのか……）

困惑したまま、ふらふらと視線を彷徨わせる。その目が、ふと……イザルを捉えた。彼もまた、呆然とした表情をしていた。気のせいだろうか？　彼の唇が「まさか」という言葉を紡いだように見えたのは……。

ウィナの視線に気づいたイザルは取り乱した様子で、横を向く。ウィナは確信した。

（少なくともイザルは、嘘を教えたのじゃないわ……）

イザルの瞳はシャーナを追い続けている。なぜ、と問うように。彼はシャーナが当たり籤を引くとは露ほどにも思っていなかったのだろう。

すると、他に考えられる可能性は？　――ウィナは頭を巡らせる。

（イザルが思うほど、籤の〝目印〟がはっきりしてなかった？　それで、シャーナは別の籤を引いて……）

そのとき、ウィナの脳裏をふと……しかし強烈に掠めていった思いがあった。

（シャーナは、わかっていて、引いた……？　つまり……）

――シャーナは、わざと、生贄に選ばれた。

その考えを、はっきりと言葉にして頭の中で繰り返してみる。すると、変な話だが、ウィナの心はなんだか妙に落ち着いた。今まで〝腑に落ち〟なかったものが、すとんと落ちていく感覚……。

（わざと。わざと……あの《刈り入れ》の日ももしかして……ううん、きっと。きっとそうだわ）

おかしいと思っていた。シャーナが。誰よりも《竜樹》を愛で、すばらしい実を育てた彼女が、不注意ですべてを無駄にしてしまうなんて。しかしそれが〝わざと〟であったというなら、まだ納得できるのだ。

（だけど……どうして？）

死ぬことは怖くない、とシャーナは言った。しかし、それと死にたい、というのとはまた別のはずだ、とウィナは思う。どうせ、誰も彼もいつかは死ぬ。これも、シャーナの言葉だ。〝いつか〟を〝今〟にしなければいけないどんな理由がシャーナにあるというのだろう？　もし、みずから進んで生贄に選ばれたとするなら……。

「ウィナ。もう帰りなさい」

村長に声をかけられて、彼女はようやく我に返った。

「あ……わたし……はい……」

のろのろと立ちあがるウィナ。村長はそんな彼女をいたわるように見つめ、

「お前はやさしい子じゃの」

と言った。

「……え？」

ウィナは村長の突然の言葉に、目を見開く。

「シャーナのことを、心配しておるのじゃろう？」

心配、というのとは少し違うけれども……と思いながら、ウィナは曖昧に頷く。

「そういえば、シャーナは？」

「一度家に帰ったよ。別れを言いに、な。まあ、すぐ戻ってくるじゃろうが」

生贄に決まった乙女は《竜鎮めの儀》のその日まで、村長の屋敷に部屋を与えられ、そこに住むしきたりとなっていた。生贄が逃げだしたりしないように、その部屋には終日見張りがつけられることとなる。

「ウィナ、お前さんも逢いにきてやるといい。儀式まで、まだ日はあるからの……。シャーナも気丈に見えるが、年頃の娘じゃ。内心怖くてたまらないじゃろうからな……」

「そんなことはないと思います」

なぜかウィナは即答していた。

「たぶん、これは彼女の望んだ結果だと思うんです。だからわたしも、同情はしていません。ただ、気になるんです」

〝やさしい子〟と今の今までウィナを褒めていた老爺の表情が、変わってゆく。奇異なものの……何か理解できないものを見るような、そんな眼ざしを、村長はウィナに向けた。

わかってもらえなくていい、とウィナは思った。

自分にだってわからないのだ。なぜ、彼女——シャーナにこれほど興味があるのか。その心に近づきたいのか。

ウィナは無言で村長に背を向けた。

五、竜鎮めの儀

まるで獄舎のようなその部屋に、シャーナは座っていた。壁に寄りかかり、膝を抱えたまま、彼女は微動だにしなかった。唯一動くのは、その猫のような虹彩のみ。その眸《め》は、色のはげかけた壁に向けられていたが、彼女の心には、別の画《え》が映しだされていた。

シャーナの唯一の――たとえ形式上だけのものだとしても――家族との別れ。〝ばあちゃん〟と呼び、十年もの間一緒に暮らしてきた老婆との訣別。

それは昨日行われた。

村の男たちに囲まれるようにして、シャーナは籤引きのあと、あのあばら屋に帰った。村役人たちは告げた、彼女が〝生贄〟に選ばれたこと、今日からその身柄は拘束されることを。

老婆は床に伏したまま、ちらり、と男たちを見た。

「そうかい」

たいした関心もなさそうに、老婆は口をもごもごさせた。シャーナには……目もくれず、彼女は言葉を継いだ。

「それで……〝代わり〟は連れてきてくれるんだろうね？　早い方がいいんだ、なんたってあたしゃ立てないんだからね。頼むよ」

そんな老婆に対して、シャーナは何も言わなかった。別れの言葉さえも。わずかな荷物をまとめると、シャーナはすぐに村長の屋敷にとって返してきたのだった。

それからは、ずっとこの部屋にいる。

昼も夜も関係ない。もう、時刻などシャーナにとっては意味はなかった。シャーナにとって時というものは、ただすり減っていくものでしかないのだ。〝その時〟が訪れるまで……。

（早く）

シャーナは思った。

（早く、その時がくればいい……）

と。

「おい」

どのくらいそうして時を消耗したときであったろうか。

「おい。シャーナ」

自分を呼ぶ声に、シャーナは初めて顔をあげた。

扉に取りつけられた小窓からシャーナを呼んでいるのは、イザルだった。村の男たちは、交代で生贄を見張っている。おそらく自分の順番が回ってくるのを見計らって、イザルはここにやってきたのだろう。

「どういうことなんだよ。答えろよシャーナ」

イザルは小窓に顔を押しあて、言った。

「なんでだよ。なんでお前なんだよ。俺が教えてやったろう？　なのになんでお前が引き当てちまうんだよ！」

シャーナは立ちあがり、扉越しにイザルと対峙した。

「ありがとう。教えてくれて感謝してるわ」

シャーナはそう言ったが、その表情には無論感謝など読み取れない。

「おかげで生贄になることができた。嬉しいわ」

シャーナの台詞に、イザルの目が見開かれる。

「お前、死にたいのか……？　死にたかったのか？」

「別に」

シャーナは答えて言う。

「別に死にたいわけじゃない。でも、興味があるの」

イザルの目つきが変わった。その眸に浮かんだのは……恐怖心。

「お前は、おかしい」

彼の声が震える。

「おかしいぜ」

「あなたから……あなたたちから見たら、確かにあたしはおかしいでしょうね」

シャーナの言葉には何の混じりもない。イザルを馬鹿にしてもいないし、また自嘲もしていない。ひたすらに淡々と、シャーナは告げた。

「でもあたしはあなたたちじゃない。だからあたしはあたしのことをおかしいとは思わない。あたしから見たら、あなたたちの方がおかしいのよ」

「おかしいのは、お前だよ！」

イザルは苛立ったように扉を叩いた。大きな音が室内に響く。それきり彼の姿は小窓から消えた。シャーナは元の場所に戻り、再び座り込んだ。

(そう、あたしはあなたたちとは違う……)

そっと瞼を閉ざすと、浮かんでくるのは十年前に別れた姉の姿。村人たちに陥れられ、生贄となった姉の、痛ましい姿。

(あたしは、あの女《ひと》とは違う。あたしは、選ばれたわけじゃない。自分から、選んだんだから。このくだらない村《せかい》から、でていくのだから)

自分のことをおかしいと、人は言う。そのことがシャーナは嬉しかった。

(おかしいと思われても当然のこと……あたしは、あの人たちとは違うもの。だから……)

だから、彼らとは違った地平に行くのだ。

彼らにはできないことを、するのだ。

シャーナはそう思って籤を引いたのだった。

(これで、お別れだわ。すべてから)

そして今、シャーナは限りなく牢獄に近い部屋で、笑っていた。声を立てて。くすくすと。

彼女の琥珀の瞳には、どこか遠くの景色が映っているようだった。

――シャーナ。シャーナ。

夢の中で、誰かが呼んでいる。初めシャーナはそれを姉だと思った。いつもの夢。繰り返される夢。姉は黒い腕に絡め取られて落ちてゆく、昏い穴の中へ……。

――シャーナ。シャーナ。

それが姉でないと気づいたのは、その声に怖れがないからだった。いつもの姉の、絶望の呼びかけとは違う、やさしいともいえる声音……。

――シャーナ。ねぇ、起きて？

シャーナは覚醒する。重たく垂れ下がってくる瞼を必死でこじ開ける。

小窓から、誰かが覗いていた。見張りの男ではない。少女だった。

(たしか……ウィナとかいう。そうだ、あの晩に墓場の帰りに逢った娘《こ》)

シャーナは自分と同い年のその少女を不躾に眺め回した。やせぎすのシャーナとは違って、ウィナはふっくらと女らしい体つきをしている。顔立ちも柔和で、誰からも好かれそうな印象を与えるこの少女に、シャーナはどちらかといえば苦手を感じていた。

村人はシャーナにとって、みんな敵だった。

姉を奪い、自分を貶め、攻撃してくる敵。

そう思うことは、特に苦痛ではなかった。むしろ楽だった。軽蔑には軽蔑を、悪意には悪意を返せばそれで済むから。

しかし……このウィナという娘は別だった。

彼女が自分に対して悪感情を抱いてないことくらいは、シャーナにもわかった。が、それがなぜなのかがわからなかった。

——不気味だった。

「シャーナ。ちょっといい？」

シャーナが目醒めたのを見ると、ウィナは手招きをした。扉の近くまで来い、ということらしい。別に彼女に従う理由はない、と思いながらもシャーナは気づくと腰をあげていた。

「訊きたいこと……ううん。確認したいことがあって、わたし、来たの」

シャーナが小窓に顔を近づけると、ウィナはまっすぐな視線を送ってくる。琥珀色の瞳はシャーナと同じだが、しかしその色が自分のものより澄んでいるような気がして、シャーナは思わず目をそらした。

「……何？」

「どうしてシャーナ……あなたは、生贄になりたかったの？」

突然の問いに、シャーナは凍りついた。

（なぜ……知ってる？）

「何を言っているの？」

動揺を押し隠して、シャーナはとぼけた。が、ウィナの追求は厳しかった。

「《刈り入れ《ティーラ》》の日、あなたは《竜の実《カッテラ》》を落とした。あれ、わざとね？　それから、《籤引き《イティア》》の日、あなたは当たり籤を引いた。あれも、わざとなんでしょう？」

「なぜ、そんな言いがかりを？」

あくまでもかわすつもりで、シャーナは逆に問いかけた。

「言いがかりだなんて。そうね……でもなぜ、と訊かれると困るわ。特にこれといった証拠があるわけではないのだもの。ただ……わたしは、あなたが《竜の実》をうっかり落とすような人でも、事前に教えてもらった当たり籤を間違って引いてしまうような人でもないって、そうつよく思っているだけ」

シャーナはようやく、ウィナの眼ざしを真っ向から捉えた。あいかわらず苦手な瞳だ、と思った。まるですべてを見透かすかのような、深淵さを持っている——

この娘に、何かごまかしを言っても通じない。シャーナはそんな気分にさせられた。

「見たいから」

ぽつり、とシャーナは呟いた。

「え？」

「見たいから、よ。行きたいから、と言ってもいいかもしれない。ここではない、どこか違う世界へ。こんなことを言ったら、頭がおかしいと思うかもしれない。でも、わたしは死ぬために行くんじゃない。見るために行く。行きたい。だから、生贄に選ばれた」

シャーナはいつのまにか、すべてとまではいかないながらも、その想いの一部をウィナ相手に話しているのだった。

「そう……」

ウィナは特に何を言うでもなく、ゆっくりとまばたきをすると、深く息をついた。

彼女はしばらくの沈黙ののち、懐を探り始める。

「手をだして」

言われるがまま、シャーナは小窓に向かって手を突きだした。ウィナはまるで握手のようにシャーナの手を摑むと、掌に何かを落とし込んだ。

「これは……？」

ウィナがシャーナに渡したのは、剣を象《かたど》った首飾り。首にかけるための革紐はすり切れたみすぼらしいものだが、剣の部分は白く清浄な光を放っている……。

「《竜の実》の皮で作ったの。シャーナ、あなたが育てて……そして割ってしまった実よ。どう言っていいのかわからないけど、あなたを守ってくれる気がして。だってこれは、あなたが、守り、育てたものだから。これはお守り。だから、持っていって」

「守る……〝お守り〟って」

シャーナは呆れた。

「竜に喰われるために赴く女が、何を守れと？　正気で言ってるの？　あたし、生贄なのよ？　戻ってなんてこない」

軽蔑がこめられたシャーナの言葉にも、ウィナはただ、笑顔を返す。

「うん……自分でも、言ってることがよくわからない。でも、これは予感。シャーナ、あなたは言った。死ぬために行くんじゃないと。だから、わたしはこう言うわ。〝旅立つ〟あなたに向けて」

ウィナは今一度、シャーナの手を握り締めた。つよく。

「行ってらっしゃい。気をつけて」

「……馬鹿げてる」

シャーナは会話をそこで打ち切ると、小窓から離れた。

(戻ってくる？　そんなわけないじゃない……)

部屋の隅にうずくまるようにした座ったシャーナは、手の中の首飾りに気づき、こんなもの突き返してやればよかった、と思った。

《竜の実》の皮で作られたその剣は、シャーナの掌と同じくらいの大きさだ。しかしその白刃が放つ光は、本物に負けないほどの鋭さを持っていた。

シャーナは思案したのち、それを首にかけた。

お守り、などというつもりはなかった。

ただなんとなく……そうしてみたくなった。ただそれだけのことだ。そう、シャーナは思った。

そのときはまだ。

六、翔ぶ

あっけなく、日々は過ぎた。

《竜鎮めの儀《アトゥーラール》》は訪れた。

つよい風が吹いていた。

その日、火の山ティラドゥエルの山頂では――

そのつよい風に長い髪をたなびかせながら、シャーナは立っていた。ときに顔を覆うように風に舞う黒髪をそのままに。

シャーナは、そっと眼下を覗き見た。

大きな、昏い穴。

彼女の足下に広がるは……火口。十年前、姉を取り込み、喰らった大口《おおぐち》。

（ついにこのときがきた……）

風はときどきシャーナをよろめかせ、深淵へと誘《いざな》う。しかし彼女は表情を変えなかった。

その琥珀の瞳をうろつかせることなく、じっと火口の中を見つめている。

シャーナは目を凝らした。その底に、何があるのか……何がいるのか、見定めようと。

「シャーナ」

名を呼ばれて、シャーナは振り向いた。

「そろそろ、始めようか……」

そう呼びかけたのは村長《むらおさ》だ。

「はい。長《おさ》さま」

シャーナは答えて、村長の方に歩いていった。

火口の回りにはシャーナを除いて、七人の者たちがいる。すでに腰の曲がった村長以外はみな屈強な男たちだ。村長もシャーナも、この男たちに背負われてこのティラドゥエル山を登ってきたのだった。

シャーナは七人が車座になっている、その中心に進み入った。そこで直立し、彼女は瞼を閉じた。それが儀式の始まりを意味していた。

「では、これより《竜鎮めの儀》を行う」

村長が言うと、あとの六人の男たちの口から次々と言葉が洩れる。何かの音楽のように、なめらかに、厳かに、その口上は続いた。

「《悪竜《トラッチエスタ》》よ我らが声を聞け」

「我らは《麓に棲む者《カンティーナ》》」

「目醒めの怒りを鎮めよ」

「我らに平穏を」

「ここに我らは供物を捧ぐ」

「この乙女の血と肉により」

「我らから災いを遠ざけたまえ」

その呼びかけが終わると、車座の中からひとり、壷を持った男がシャーナに進みでる。胸に一抱えもあるその壷を、男はシャーナの頭上に掲げると、一度にひっくり返した。壷から流れでた透明の液体が彼女の全身を濡らす。同時に、やわらかな香りが山頂に漂った。それは《竜酒《トエラ》》だった。今年いちばんのその神酒は、村のいちばんの儀式に使われたのだった。男は壷を再び抱えると、座に戻った。

次に、白い布を持った男が立ちあがり、シャーナに近づいた。男はシャーナの後ろに回り、その布で彼女に目隠しをした。男は座に戻った。

今度は二人の男が同時に立ちあがった。彼らは両側からシャーナに歩み寄った。二人の男はシャーナの手を取った。そしてそのまま、手を引いて歩きだす。

すると、車座になっている男たちの間から祈りの声があがった。低く低く、野太いその声は山頂を支配した。

(大げさだわ……たかが人ひとり、墜とすだけのことで)

シャーナは冷めた心持ちでその祈りを聞いていた。

彼女は二人の男に誘われて、火口縁まで歩いた。靴のはじいた石が火口に落ちて消える。

二人の男はシャーナから手を放し、後ろに下がった。

「竜よ、鎮まりたまえ」

七人が声を揃えて言った。

その声を合図に、シャーナは火口へ向かって踏みだした。

しかし――

「…………」

その足が止まる。シャーナは振り向いた。手を後ろに回し、目隠しを外す。

七人の男たちは狼狽した。腰を浮かせかけた彼らを、村長が一喝する。

「騒ぐでない！　竜を怒らせたらどうするのじゃ！」

村長はシャーナに向き直ると、しゃがれた、しかしやさしい声音で語りかけた。

「シャーナ。お前は賢い娘じゃ。わかっておるのじゃろう？　これは村のため……」

「勘違いしないで、長さま」

シャーナは村長を見据えてつよい口調で言った。ウィナにも告げた、あの決意を。

「別に怖いわけじゃないわ。逃げだしたいなんて思っていない。わたしは見たいの。見ておきたいの。だから、これは、邪魔だわ」

シャーナは目隠しを天高く投げあげた。白布は上向きの風に煽られて、上昇していく。あわてた様子でその布を見あげている男たちを見て、シャーナはくすり、と笑った。

「じゃあね」

シャーナは手を振った。

そして翔んだ。軽やかに。

大きく、深すぎる火口は、シャーナを飲み込んでも何の音も届けなかった。

第二部　竜は泣く

一、竜名乗る者たち

《竜樹《ルエナ》》の木陰に、ウィナは座っていた。

ぼんやりと頭上を見あげれば、降ってくるのはまぶしい光。

夏のつよい日射しがその瞼を灼《や》けば、浮かんでくるのは少女の横顔。

（シャーナ……）

この樹に登るのが、最も相応しかったうつくしい獣……。

彼女は、もういない。

同じ竜でも、彼女は《善竜《ラッティエタ》》ではなく《悪竜《トラッチエスタ》》に導かれて行ってしまった。その口に、飲まれてしまった。

いや――

飲まれてしまった、というのは正しくない。彼女は、飲まれにいったのだから。みずから、赴いたのだから。

《竜鎮めの儀《アトゥーラール》》からすでに三日が経過していた。すでに、あの少女のことを口にする者はいない。それはもちろん、あえて皆その話題を避けているのだが……その名が口の端にのぼらなくなってしまったという事実は、彼女の存在がなかったものにされてしまったように感じられて、ウィナは歯がゆかった。

(シャーナはいた。確かに、いたのに。あんなにも、鮮やかに)

それでも、いつか自分も忘れていくのだろうか？　他の村人と同じように、村の犠牲となった娘のことなど記憶の深いところに押しやってしまうのだろうか？

——その、罪悪感を拭うために。

(シャーナ……どうしてる？)

ウィナは気づくと自然に、彼女に想いを馳せていた。ふと冷静になると、それはとても奇妙なことのように思えた。他の人々は、シャーナが今〝どうしてる〟かなど考えもしないだろう。なぜなら、その答えはひとつしかないのだから。竜に喰われて命を落とした……という。

しかしウィナには、どうしてもそのたったひとつの答えが受け入れられなかった。

シャーナがいなくなって初めて、ウィナは彼女のどこに惹かれていたのかはっきりわかったような気がしていた。

眸《め》だ。

シャーナの琥珀の瞳。そのありふれた瞳の色の奥のつよい力。それは、どんな困難な道をも切り拓いていくような可能性を、ウィナに信じさせた。

そして今も——ウィナは信じている。

ウィナは胸の前でぎゅっ、と手を組み合わせた。

(戦って……)

運命なんて、吹き飛ばしてしまって。

死んでしまわないで。

ウィナは祈った。

ウィナがシャーナに渡した首飾り。形はなんでもよかった。ただ、彼女が育てた《竜の実《カッテラ》》を持っていてほしかった。しかし、知らぬ間にウィナはそれを剣の形に削っていた。

そう、ウィナは戦ってほしかったのだ。シャーナに。

遙か昔から続けられているという生贄の儀式。そんなものさえシャーナははねのけてしまう力を持っている気がして……。

ウィナの首にもまた、《竜の実》の欠片で作った首飾りがかけられていた。こちらはシャーナに渡したものよりも簡単な丸い形――楯を象《かたど》ったものだった。

（シャーナは戻ってくる。きっと戻ってくる。シャーナが戦うならわたしは……守る。シャーナが戻ってくるまで。彼女の居場所を。《竜樹》……あなたも祈って。あなたが本当に《善竜》なら、シャーナを《悪竜》に殺させないで……）

《竜樹》は答えなかった。

木の葉は風にさわさわと揺られているのに……ウィナの心には何も届いてこなかったのである。

（……どうして？）

《竜樹》には心がある――そう感じ続けてきたウィナは、哀しい気持ちで、《竜樹《かれ》》にもたれかかった。


墜ちる夢を、シャーナは見たことがあった。

どんな夢だったのか、目醒めた瞬間に抜け落ちてしまう儚いそれを、シャーナは憶えてはいない。しかし墜ちた、と思ったそのときに、身体を走り抜けた落下感を忘れることはなかった。

背筋がぞくぞくするような、あの感覚。火口に身を投げたシャーナは、それを覚悟した。しかし、襲ってきたのは別のものだった。

——浮遊感。

身体がやさしい空気に包まれて、漂う。

(……なぜ？　あたしは今、墜ちているはず……)

気を失っている？　それとももう自分は死んだのだろうか？　シャーナは考える。竜の口はどんな大きさだろう？　その牙の鋭さは？　一瞬のうちに飲み込まれた？　それとも噛み砕かれたのだろうか？　竜の牙に捉えられて？　……わからない。

気づくとシャーナは、見ていた。自分の姿を、高みから。墜ちてゆく身体。それはひどくゆっくりで。まるで水の中にいるように、ゆっくりで。

そしてその底には、誰かが、いた。

誰かだ。何かではない。竜ではない。人間だ。手を差し伸べている。

(誰……？)

——その手が、腕が、抱きとめた。墜ちてきた、シャーナの身体を。

シャーナは見ていた。その光景を、他人事のように。

やがて千切れるように、そんな意識も飛んだ。


「生きてる?」

呼びかける声を、シャーナは聞いた。

「生きているよね。死んでちゃ、やだよ?」

なぜ言葉が聞こえるのだろう。自分はもうすっかり竜に飲み込まれてしまったのではないのか? それともこれは死後の世界なのだろうか? あるいは……自分が望んでいた〝ここではないどこか〟? ……シャーナは困惑とともに、瞼を開いた。

紅い瞳がシャーナを見おろしていた。しかしそれは、伝説の竜の眼ではなかった。

シャーナはごつごつとした地面に仰向けに横たわっていた。彼女の傍らにしゃがみ込み、覗き込んでいるのは紛れもなく人間——少年だった。透き通るような、白い髪をしている。

(どういうこと……?)

すべては夢だったのだろうか、ともシャーナは思う。しかし今目の前にいる少年は、村の人間ではなかった。紅い瞳の村人などいない。

「ああよかった。生きていたね？」

少年はやわらかい微笑みをシャーナに向ける。シャーナは何度か目をしばたかせると、すばやく身体を起こした。少年に対し、きつい眼ざしを投げかける。

「誰」

短く、問う。

「ここはどこ」

少年はシャーナの警戒も顕《あらわ》な態度にも、笑みを絶やさない。

「君は僕の名前を訊いているの？　そしてここがどこかということを？」

シャーナが頷くと、少年は微笑みの質を変えた。邪気のない笑みから、困惑を含んだものへと。

「僕の名は……ダ」

よく聞き取れない発音で、少年は告げた。

「セルダ？」

シャーナは耳に聞こえたそのままを、声にだす。

「セルダ。そう聞こえた？　じゃあいいよ。そう呼んで」

シャーナを見る少年――セルダの瞳はやけに輝いている……好奇心のために。

「ああ、ここがどこかってことも答えないとね。だけど変だな。本当は知っているんでしょう？　ここがどこか。だって君は墜ちてきたんだもの。あそこから」

セルダは頭上を指差した。はるか高み、わずかに差し込む光がある。あれがシャーナが身を投げた火口なのだろう。だとしたらここはやはり火の山ティラドゥエルの中なのだ。

「びっくりしたよ。まるで贈り物みたいに、君は降ってくるんだもの」

セルダは興奮した口調で言い、熱っぽくシャーナを見つめる。シャーナはそんなことには無関心で、頭上を見つめたまま考え込んでいた。

「竜が」

やがてぽつりと、シャーナは想いを口にした。

「だったらここには、竜がいるはず」

セルダは瞬間戸惑った顔をし、

「竜？」

聞き返す。しかしすぐに彼は笑顔に戻った。

「ああそれなら僕たちのことだよ」

今度はシャーナが戸惑う。セルダの台詞が理解できずに。そんな彼女にセルダは告げた。

「僕たち、竜族と呼ばれているんだよ」

「あなたが……竜、族？」

シャーナは初めて、セルダの瞳を見つめた。

緑の鱗を持つという竜。十年に一度目醒め、生贄を求めるという竜。かつて《善竜《ラッティエタ》》との戦いに破れ、火口の中へと墜ちた《悪竜《トラッチエスタ》》……そのすべてがただの伝説に過ぎなかったというのか。この火山の中に棲む一族が、誇張され伝わっただけだというのか。

笑えてしまう、とシャーナは思った。村の言い伝えで正しかったのは、〝竜族〟の瞳の色ぐらいだなんて。シャーナの喉はいつの間にかくぐもった笑い声を立てていた。

「何がおかしいの？」

「ぜんぶよ」

セルダの問いに、シャーナは答えた。

「おかしいわ。何もかも」

セルダは笑い声を洩らすシャーナを不可解そうに見ていた。しかしやがてセルダも一緒に笑いだした。

「何がおかしいの？」

今度はシャーナが問う番だった。

「別に」

セルダは笑いを収めずに、言う。

「君が笑っているから、笑ってみただけ」

「おかしいわ」

「うん。おかしいから、笑うんでしょう？」

シャーナはセルダを、何か奇妙なものでも見るような瞳で見た。そして苦笑した。〝おかしい〟。それはかつて自分が、イザルに言われた台詞だったから。

セルダはシャーナの視線など気にする様子もない。立ちあがると、シャーナに向かって手を差し伸べた。

「行こうよ。案内するよ」

「どこへ」

「僕たちのねぐらへ」

シャーナはその手を取るのをためらった。ためらってから、おかしくなった。この少年についていくことの他に自分にできることがあるとでも思ったのだろうか？　本来ならとっくに死んでいるはずの、こんな火山の中で。

「行くわ」

シャーナはセルダの手を取った。

彼の手は、冷たかった。


薄暗い火口の中は、歩きづらかった。

セルダがシャーナを連れてきたのは小さな集落だった。集落といっても、石を無造作に積みあげた、何軒かのみすぼらしい建物があるだけだ。

セルダはそれらの中で比較的大きな建物の中に入っていった。

「みんな！　連れてきたよ！　彼女が上から来た人間だよ！」

セルダはシャーナの背中を両手で押す。そこには、セルダと似通った容貌の若者たちがたむろしていた。十人あまり——二十幾つもの紅い瞳が、いっせいにシャーナを見る。

「これが、例の……人間か？　……ダ」

いちばん年長の——といってもまだ少年の域を脱していないが——若者が問いかけてくる。

「そうだよ……ド。シャーナっていうんだって！」

彼らが呼びあう互いの名が、シャーナの耳にはよく聞き取れない。声というより、奇妙にかすれた呼吸音のようだ。セルダがはしゃいだ様子で話しかけるその若者の名は、〝スレド〟とシャーナには聞こえた。

セルダとスレドはシャーナに背を向けて、小声で何か話し合っていた。やがてスレドはシャーナを振り向くと、言った。

「ようこそ、我らのねぐらへ。おれは……ド。君は、地上から来たんだろう？　歓迎するよ。遠慮なく、ここで暮らすといい」

「暮らす？」

シャーナは訝しげに眉をひそめた。

「そうだ。君はどうせもう帰れない。墜ちてきてしまったんだから。おれたちは君の、大体の事情は知っている。君は〝生贄〟として火口に投げ込まれたんだろう？　おれたち一族を凶悪な竜だと勘違いして？」

「勘違い……じゃあ、やっぱり」

シャーナは、ごくり、と唾を飲み込んだ。

「《悪竜》なんていないのね？」

「……そうだ。少なくともおれたちは《悪竜》じゃない。だから君は――もう帰る術がない君は――ここで暮らしたらいい、とおれたちは言っているんだ」

「……それじゃあ」

シャーナの眼間《まなかい》を、泳ぐようにふわりと通り過ぎていく影があった。

――シャーナ。

幻影は、シャーナにやさしく呼びかけ、やがて姿を消した。

哀しげな微笑をたたえていたその幻影は……姉のラーナ。

シャーナは瞬間、息が止まった。まるで……胸に何かがつかえたかのように。

「あ……」

息苦しさに、思わず声を発する。スレドが訝しそうにそんなシャーナの瞳を覗き込んでくる。戸惑いを隠そうと、努めてぶっきらぼうに、シャーナは問うた。

「じゃあ、今まであたしたちが……あたしたちの村が投げ込んできた生贄もみんな、無事ってこと？　みんな、あたしのように火口の中で生きていた？」

（……なんなの？）

とくん、とくん。少しずつ早まる胸の鼓動に、シャーナは腹を立てていた。

（今さらこんなことを訊いてどうするっていうの？　姉さんのことなんか……今はもうなんとも思っていないというのに？）

しかし、シャーナは質問を続けていた。

「十年前。十年前のこと、あなた知ってる？　あたしと同じように、墜ちてきた生贄がいたはず。彼女は……彼女は今、どこに？」

「十年前……そんな前のことは、おれたちは知らない。おれたちはまだ、とても若いから。地上から来た君にはわからないかもしれないが、おれたちは、歳の取り方が君たち地上の人間とは違う。見た目よりも、おれたちは、もっと若いんだ」

スレドは、シャーナの感情の起伏を感じ取ったのだろうか？　その視線が物珍しそうなものに変化している。

「……そう」

わからない、ということは、姉さんは生きているかもしれないということだ……シャーナの気持ちは乱れていた。

(……どうかしてる)

およそ、激しい感情というものを、自分は失くしたはずではなかったか。姉を失い、自分に愛情など持っていない老婆と暮らすうちに、そんなものはすっかりすり減らしたはずではなかったか……。

しかし現実に、今、シャーナの心は騒いでいた。姉が生きている。生きているかもしれない。そんな小さな可能性に、確かに彼女の心は揺れていたのだ。

「誰なら」

シャーナは訊く。

「誰なら知ってる? あなたたちが知らないというのなら、十年前のことを知っている人に、逢いたい」

「それは……」

スレドが言い淀んだ。やがて彼はそれはできない、と答えた。

「どうして?」

「――十年前のことを知っている奴なんて、もうどこにもいない。言ったろう。俺たちは君たちと歳の取り方が違う。寿命が違うんだ。一族でいちばん年嵩なのは、この俺だ」

（この人が、最年長だなんて？）

スレドの歳は、どう見ても十六、七……。絶対に、二十歳は超えてはいないだろう。しかし彼らは、このスレドさえ十年前の記憶がないと言う。ということは、彼は見かけよりもずっと若いことになる。そんな彼が最年長者だなんて、いったいどんな一族だというのだろうか。

不審そうなシャーナの視線に気づいて、スレドは目をそらす。そんな二人の間に割って入ったのはセルダだった。

「ねぇ、二人とも、難しい話はいい加減やめたら？　また今度でいいじゃない、そんな話は。それよりもさ、せっかく地上から人間が来たんだよ？　お祝いしようよ、お祝い」

「……そうだな」

スレドは頷き、身を翻す。しかしシャーナはまだ納得できないでいた。

「……そう。わかった。知らないなら知らないでいい。じゃああたしは、ひとりで勝手に調べる」

シャーナはそう言うと、誰の制止も振り切って、彼らのねぐらを飛びだした。右も左もわからぬ火口の中を、ただ、彷徨う。

「シャーナ！」

セルダが追いかけてきて、彼女の手を捉えた。

「どうしたのさ？　そんなに……取り乱して？」

「取り乱す？」

シャーナはセルダの紅い瞳を睨みつけた。

「あたしが、取り乱してるって、そう言うの？」

「だって、あんまり急に……でていくんだもの」

「あたしは、取り乱してなんかいない。ただ、捜したいだけ。捜しているだけ」

「何を？　その、十年前の生贄を？　どうして？」

「…………」

どうして。その問いに、シャーナは答えられなかった。本当にどうして、自分は今さら姉の姿を追い求めているのだろう？　それも……幻まで見るほどに。

——シャーナ。

再びシャーナの身体がこわばる。去ったはずの幻が、今ひとたび舞い戻ってきていた。シャーナの周りを浮遊する幻影。姉の姿は、夢の中で見るそれとは明らかに違っていた。服の裾をつまんで、はしゃぐように駆けている彼女の表情は、ひどく穏やかで。不安や恐怖などまるでないかのように、穏やかで。

――シャーナ。早くおいで。早く。

満面の笑みで、彼女は手招きする。

彼女に向かって走っていったなら、その胸で温かく抱き締めてくれるだろう……そう思わせるやさしい眼ざし。

こんな姉を、どこかで見たことがあった、とシャーナは思った。いつだろう？　いつだっただろう？　たぶん、とても……とても昔に。

――シャーナ。

「ねえ」

セルダに呼びかけられて、シャーナは我に返った。しかし――幻は消えない。シャーナとセルダの間を、未《いま》だ、ふわふわと漂う……。

「知り合い、だったの？　この人……」

「姉さんよ。あたしの」

セルダの問いに、なぜかシャーナは素直に口を開いていた。

「十年前、姉さんは生贄として火口に身を投げた……投げさせられた。村のしきたりで。あたしと同じように。姉さんは死んだと、あたしは思っていた。竜に喰われて。でも竜なんていない。それならまだ生きているかもしれない。この火口のどこかで」

不思議だった。不思議な眼ざしで、セルダはシャーナを見つめていた。その紅い瞳は澄んでいて、ずっと見ていると吸い込まれそうな引力がある。

(…………?)

ふと、シャーナの頭の片隅に何かがひっかかった。

(今セルダ…… 〝この人〟って言った？ 〝その人〟ではなくて？)

驚いてセルダの視線を追えば、たしかに彼はちらり、ちらりと見やっていた。幻だと思っていた姉の姿を……！

「見えるの……？」

かすれた声で、シャーナはセルダに詰め寄った。

「見えるの、〝あれ〟が！ あれは……幻。そうでしょう？ 本物なんかじゃないんでしょう？　だったら、なぜ？」

「見えるよ」

セルダは困ったように笑った。

「そうだね、あれは幻なんだろうね。でもあの幻は、ここに〝在る〟わけじゃない。あの人がいるのは、君の〝ここ〟だよ」

セルダはシャーナの胸を指さした。

「君の心が流れだしてる。だから僕にも見えるんだ」

シャーナを見つめる紅の双眸。

そこから、ふいに、涙が伝った。

大きな涙の粒が、ぽろり、セルダの頬に流れる――

「好きだったんだね」

セルダは言った。

「君は、とても、好きだったんだね。姉さんのこと。哀しかったね、大好きな人を失って……」

（あたしの、ために、泣いている……？）

シャーナは呆然とした。まだ逢ったばかりの人間のために、なぜこの少年は泣くことができるのだろう？

心が流れだしている、と彼は言った。もしかしたら本当に、自分の心がいつの間にか洩れだして、セルダを泣かせているのだろうか？

「泣かないで」

そんなわけはない、と思いながらも、気づくとシャーナはセルダにそう呼びかけていた。

「泣かないでよ」

「どうして、君は泣かないの？」

セルダは涙に濡れた瞳でシャーナに問う。

「哀しいなら。哀しかったなら、泣けばいいよ。泣いたらよかったんだよ。泣けるって、すごいことだよ。心と躯《からだ》が結びついてる……だから泣けるんだよ」

「あたしは、哀しくなんか……」

否定しようとして、シャーナは口を閉ざす。

彼女の脳裏に浮かんだのは、毎晩見るあの夢だった。

シャーナの夢の中で、姉はもう幾度火口に飲み込まれていったかわからない。それほど繰り返し、あの夢を見た。

——心と躯が結びついてる……。

セルダの言葉が、奇妙にシャーナの心に染み込んでいった。

もう哀しくない。もう姉のことなんてどうでもいい。シャーナはそうやって心を閉ざしてきた。けれど……そうやって閉ざした哀しみはもしかして、躯の裡《うち》に向かったのかもしれない。躯は訴えていたのかもしれない。哀しいよ、哀しいんだよ、と。

(……馬鹿馬鹿しい)

その考えを、シャーナは振り払った。

「……もう、いいわ」

シャーナは言った。

「姉さんを捜すのはやめる。だって……別に、どうでもいいもの」

「本当に?」

セルダは涙をぬぐうと、シャーナの琥珀の瞳を覗き込んでくる。

「……本当よ」

「そう。それじゃあ、帰ろうよ。あんまりうろうろしていたら危ないしね。君は知らないかもしれないけど、火口の中にだって危険なことはいっぱいあるんだ」

セルダはそれ以上シャーナを追求してこなかった。けろりとした顔で、彼はシャーナの腕を引っぱる。

「……わかった、わ」

シャーナもおとなしくセルダに従った。

歩きだすと、すぐに幻は消えた。薄闇に溶けるように、ゆらり、と。

ねぐらに戻ると、シャーナは床に就いた。

疲れのせいなのか、シャーナはその晩ぐっすりと眠った。

二、生贄

ぼそぼそとした話し声で、シャーナは目醒めた。薄目を開ける。そして彼女は驚いて再び瞼を閉ざした。

男たちが、シャーナを中心にして座っていた。セルダに、スレド……おそらくここに暮らす若者たちすべてが、今、シャーナを取り囲んでいた。

薄目を開ける。シャーナは精神を研ぎ澄ませた。迫る危険をその身に感じて。彼らは低く……ひどく暗い声で、何事かを話し合っていた。

「実行するなら早い方がいい」

主に意見を述べているのは、どうやらスレドのようだ。

「早くしないと、奴らに嗅ぎつけられる。きっともう、気づいているはずだ。俺たちが〝生贄〟を連れ去ったこと」

「じゃあ……今日にでも？」

「そうだな。それがいいだろう」

「ちょっと待ってよ！」

割って入ったのは、セルダの声だ。

「僕は、反対だ」

「反対？　どうしてだ。反対なら、なぜ今お前はここにいる」

「そうじゃない。そういう意味じゃなくって……。すぐにってのはどうかな、と思ったんだ。まだ……僕らは何も知らないじゃないか、彼女のこと。せっかく上から人間が来たんだよ？　僕らは知ることができる、もっともっとたくさんのこと」

セルダの発言に対して、何人かの口から嘲笑が洩れる。

「知るためには、実行した方が早いだろう」

再びスレドの声。

「違うよ、そうじゃない。そうじゃなくて……」

セルダの反論は、誰にもまともに取り合ってもらえないようだ。しかしセルダは諦めない。

「お願いだよ。せめて一日。もう一日だけ待って」

ふ……とかすれたため息をついたのは、スレドだった。

「……わかった。いいだろう」

スレドの言葉に、一同がざわめいた。しかしスレドは鋭い眼光で皆の顔を見渡し……反論をねじふせた。

「セルダ。……一日だけだぞ」

「ありがと……スレド」

話し合いは終了したのか、男たちが散っていく。ねぐらから外へでていく彼ら――仕事でもあるのだろうか？　シャーナはしばらく寝たふりを続け……やがて嘘の呻き声とともに、起きあがった。

「おはよう、シャーナ。よく眠れた？」

瞼を開けると、セルダの満面の笑みがシャーナを出迎えた。シャーナは……顔がこわばっているのを悟られないように、そっと横を向く。

（今の話は……何？）

男たちは、明らかに自分に何かをしようとしていた。彼らは言っていた、〝実行〟と……。セルダに訊いたら、答えてくれるだろうか？　いや、所詮セルダも彼らの仲間だ、そんな危険は冒すわけにはいかない。

（だけど……）

彼らが何を企んでいるにせよ、それから逃れる術が自分にはあるのだろうか？　シャーナは考える。仮にこの〝ねぐら〟から抜けだしたとして……この火口の中にはおそらく彼ら〝竜族〟以外いまい。それに、火口の中を知り尽くしているであろう彼らから、右も左もわからぬ自分が逃げ切れるわけがない。

それにそもそも――

（死ぬこと以上に、怖れることなんてあるの？）

という想いがシャーナにはある。

火口に身を投げたのは、死ぬためではなかった。何かを見つけるためだった。しかし死を覚悟していたのもまた確かで。その〝先〟なんてシャーナは到底考えてもみなかった。

生きてしまった。生きのびてしまった。これから先自分は、どうしたいのだろう？

シャーナはそんな根本的な問いにぶつかっていた。

一度死ぬ気になったのだから、なんだってできる。そんな気分にはシャーナはなれなかった。一度覚悟しただけよけいに、もう一度覚悟するには力が足りない……心の力が。

「どうしたの？　元気なさそうだね？」

「元気？」

無防備な心で、シャーナは思わず本音を口にした。

「元気そうだなんて、言われたことがないわ」

その言葉に、セルダが吹きだす。

「やっぱりシャーナって、面白いや！　あ、ごめん……悪い意味じゃなくってさ。なんていうのかな、僕はあんまり言葉うまくないから、ちゃんと伝わらないかもしれないけど……なんか、違うって気がする。ここにいる、誰とも違うって、そんな気がさ」

「……そう」

シャーナにはセルダにいちいち受け答えしている余裕がない。

（あたしは、これからどうしたいんだろう？）

彼女は自問自答し続けていた。しかしそんなシャーナの手をあっさりと握り、セルダは言う。

「行こうよ！　せっかく外から来たんだもの、少し火口の中を探検したいって思うでしょう？」

シャーナは引きずられるままにねぐらをでる。ここに留まろうと、どこかへ連れて行かれようと、シャーナにはどうでもよかった。心は、自分の問いに支配されていたから、身体がどこにあろうとも関係がなかったのだ。

〝探検〟とセルダは言ったのだったが、どうも彼はある場所を目指しているらしい、とシャーナは気づいた。セルダの足は迷うことなく、ひとつの道を選んでいく。

「あの、さ……」

自分の想いの中に閉じこもっているシャーナに、セルダは呼びかけた。

「もし僕が……シャーナに十年前のこと教えてあげられるかもしれないって言ったら、どう思う？」

そのちいさな声に、シャーナの想いの殻は打ち破られる。

「知ってるの？　セルダ、あなた知ってるの？」

シャーナはセルダの紅い瞳を覗き込んだ。その眼ざしがつよすぎたのだろうか、セルダは困ったように、

「僕らがとても若くて……十年前にはまだ生まれていなかったっていうのは、本当だよ。でも僕らは——僕は、知ってる。知っていることがある。ごめん……怒ってる？　僕が嘘を——隠し事をしてたって」

視線を地に落とす。

「セルダ……あなた、いったい何を知ってるの？」

セルダの問いかけには答えずに、シャーナは彼に詰め寄った。そうして、まただ、と思う。

（どうして取り乱すの？　姉さんのことになると……）

そんなことより今は、考えることがあるはずだ……そう自分に言い聞かせたシャーナだったが、

——ふわり。

とまたも目の前を舞う幻に、彼女は心奪われてしまう。

姉だった。口元にたたえた笑みはそのまま、彼女の幸せな気持ちの表れであるかのようで、シャーナは思わず首を横に振った。

「嘘よ……」

シャーナは呟く。

「嘘よ、姉さんは幸せなんかじゃなかった。恨んで、憎んで、運命を呪いながら火口に落ちていったはず。なのになんで？　なんで笑ってるの？」

「逢えたからじゃないかな」

ぽつりと、セルダが言った。

「シャーナに逢えたから。だから嬉しいんじゃないかな。君の姉さんは」

セルダは歯の奥で音をさせながら息を吸い込むと、何かを決心したようにシャーナを見た。

「きっと、導こうとしてるんだ……。僕のしようとしてることはきっと、間違いじゃない。そう……きっと」

セルダはみずからに言い聞かせるように、呟いた。

姉の幻が明滅しながら、宙を漂う。

二人は、そのあとに続いた。


ごつごつとした岩の間をくぐり抜け、シャーナとセルダは歩いた。まるで迷路のようなその道は、セルダも慣れないらしい。ときおり、立ちどまっては、道標——姉ラーナの幻影を探していたから。

やがて、道は行き止まりになった。そこには、人ひとりがようやく通れるほどの穴が穿たれている。

「ちょっと狭いけど。ついてきて」

セルダが身を屈めて穴の中に入っていく。シャーナは無言でそれに従った。

（もしかして）

シャーナの鼓動は徐々に高まりつつあった。

（もしかして、この先には姉さんが……？）

という予感に。

穴の中は複雑怪奇に折れ曲がり、果てがないかのように続いている。長く、長く……。

その視界が開けたとき、シャーナは絶句した。

骨。

無数の人間の——骨。

無秩序に散らばるそれは、何かの飾りでもあるかのように、そこにあった。

そして、積み重ねられたその上にあるのは……塊。

壁から触手のように伸びている何かの根。まるで生き物のようなそれが、絡まりあいできた、塊。

その触手は……絡め取っていた。

ヒトを。

「姉……さん？」

根はうつくしく編まれ、そのヒトを包み込んでいる。

それが人間だとわかるのは、かろうじて手指と顔が見えているからだ。

「姉さん……な、の？」

姉の幻影は、シャーナを振り返り、微笑とともに消えた。

シャーナは震える唇をきつく噛み締め、根の中の顔を見つめた。

痩せ衰え、老け込んでしまったその顔を、それでもシャーナが見間違えるはずがなかった。

「姉さん」

瞼を閉ざした姉。その顔は土気色だ。生気は、ない……。まるで石のように、凝り固まった彫像。

——ぽたり。ぽたり。

絡まった根の先からこぼれ落ちる滴――血。

それは人骨の山の上に置かれた杯をゆっくり、ゆっくりと満たしていた……。

「姉さん、だ……」

そうしてシャーナは、理解した。

「生贄の伝説は……嘘なんかじゃなかったのね」

どうして彼らが人を喰らう竜であるという伝説がまことしやかに囁かれたのか……それは、彼らが本当に〝人を喰らう〟一族であったからなのだ。恐ろしい竜の姿はしていなくても、その牙で肉を咀嚼することはなくても、彼らは確かに人を……人の命を喰らってきたのだ。生贄の血を、啜ってきたのだ……。

変わり果てた姉の姿に、シャーナはしばし動けずにいた。

しかしなんとか、よろめきながら足を前へと運ぶ。

生きている。

生かされている。

そうシャーナは確信していた。

姉が火口に身を投げたのは十年前。すぐにその命を絶たれたのであったなら、今頃姉もこの無数の人骨のように成り果てているはずだ。しかし、姉は姿を保っている。血を流している。生きている——はずだ。たとえ今にもその命が尽きそうに見えても……。

「姉さん……！」

「駄目だよ、シャーナ」

走り寄ろうとするシャーナの腕を、セルダが捉える。

「邪魔しないで！」

シャーナはセルダを睨みつけた。

「邪魔じゃない」

セルダは哀しそうな目でシャーナを見た。

「邪魔なんかじゃないよ！　シャーナ、行っちゃ駄目だ！　今度は君が……！」

「放して！」

シャーナはセルダの制止を振り切り、骨の山を登った。姉に近づこうと。

シャーナは、血の杯まで辿り着くと、それを手に取った。まさに地面に向かってそれを投げ捨てようとしたその瞬間……。

「やめてもらおうか」

人骨の陰から手が伸びてきて、シャーナは背後から腕を摑まれた。つよく。悪意をもって。

スレドだった。

「スレド？　どうしてここに！」

セルダが叫ぶ。

「セルダ、お前の考えていることくらいお見通しだ。そうでなければこの娘に時間をやろうなどと、許可しない。先回りさせてもらったというわけだ」

スレドはシャーナの手から杯を奪い、元の位置に戻すと、彼女を羽交い締めにした。紅い瞳が、鋭くセルダを睨む。

「セルダ。お前、裏切る気なのか？　それともはなから、〝あっち〟の味方だったのか？」

「裏切るだなんて、そんな！　そんなつもりなかった……。もちろん僕はみんなの味方だよ！　ただ……シャーナに出逢って……人間に触れて……なんだか自分の気持ちがよくわからなくなって……」

セルダの口調は弱く、今にも消え入りそうな声だ。しかしそれでも彼の、眼ざしだけはつよく、スレドを見つめ返していた。

シャーナには、二人の会話がまるでわからない。わかるのは、今自分の身が危機に晒されているということだけだ。

「まあ、いい……お前が何を考えていたかは知らないが、結果は変わらないのだから、それでいい。もうすぐ。もう、すぐにでもおれたちの目標は達成されるのだから」

スレドは頭上を仰ぎ見た。

「長年ご苦労だったな、ヒトの娘よ。お前の役目は終わった」

彼は、低いうなり声をあげた。それは咆吼。

「シャーナ！」

セルダが駆け寄ろうとするのを、スレドが一喝した。

「来るなセルダ！　今止まらなければ、おれはお前を完全に裏切り者と見なす！　お前も絡め取られたいのか？」

「くっ……」

「《最後に残ったもの《アストゥーラ》》よ、生贄を我が手に返せ！」

根はスレドの声に呼応するかのように、その手をゆるめた。包み込まれていた身体が投げだされる……かのように見えたのだが――

根は、彼女を放すことなく、もう一度しっかりと、包み込んだ……。

「どうした！　アストゥーラよ！」

スレドは、根に向かって呼びかけている。彼らは植物と意志の疎通ができるとでもいうのだろうか？　――シャーナはなぜだかとっさに、ウィナのことを思いだしていた。

「もうお前の役目は終わったのだ！　その娘をこれ以上生かしておく必要はない！　放すんだ。お前が摑まえるべき娘は別にいる！」

それは自分のことなのだ、とシャーナは身体をこわばらせる。

根は再び姉を抱き締めたまま放さない。スレドが苛立ってくるのがわかった。

「早く生贄を……人の肉をよこせ！」

その怒鳴り声に、シャーナの血が凍る。

（この《竜族》たちは、本当に、人の肉を喰らうつもりなんだ……）

十年に一度火口に投げ込まれてくる生贄。彼らは生贄を殺さずその血を啜り続け……そして新たな生贄がやってくると……その身体を喰らうのだ、そうに違いない。

シャーナはスレドの腕から抜けだそうと手をばたつかせた。しかし、そんな努力をするまでもなかった。

「アストゥーラ！」

業を煮やしたスレドがシャーナを突き飛ばし、根《アストゥーラ》に向かったからだ。

彼は高く跳躍し、その根にしがみついた。そして……。

——その牙で、根に噛みついた。

そう……彼には牙があった。

紅く滴るのは血？　それとも樹液？　根はぶちぶちっ、と音を立てて千切れた。スレドはその腕の中に姉を抱き取る。

「姉さんを返して！　返せ！」

シャーナはスレドに摑みかかる。骨の山の上で、二人はもみあいになった。

「シャーナ、危険だ！　今すぐそこを離れて！　アストゥーラは次に君を……」

セルダの忠告を、シャーナは無視した。今彼女に見えるのは、姉の姿だけだ。

「諦めろ、ヒトの娘！　次はお前がこうなるのだ！　アストゥーラ！　早くこいつを摑まえろ！」

根は動かない。スレドに噛み切られたためではない。根は怖ろしいほどの回復力で、もう新しい触手を伸ばし始めていた。しかし根はスレドの命令に反応を示さない。スレドは舌打ちする。

「どうしたっていうんだ！　くそっ、もういい！」

「あっ……！」

スレドは骨の山から姉の身体を投げおろした。セルダがいるのとは反対の方向だ。それにシャーナが気をとられている一瞬の間の出来事だった。

「その娘の身体《にく》を喰らうよりも、こいつの血をもらった方が早い！」

「あ……？」

シャーナの肩に激痛が走った。スレドの頭が、そこにあった。彼の牙は鋭く、シャーナの肩に突き立てられている。鮮血がどくどくとあふれだしてくるのを、シャーナはまるで他人事のように眺めていた。

「これで」

血塗られた牙を見せ、スレドは不敵に微笑んだ。

「これでやっと……人間になれる。〝完全〟に……」

そうしてシャーナは電撃的に悟った。

彼らは〝竜族〟などではなく——

本物の竜であったのだ、という事実に。

(ヒトの血で……肉で、彼らは人間になることが、で、き、る、の……? だから、〝生贄〟を……?)

ふらつく頭で必死で考えるシャーナ。

しかし彼女の意識はほどなく――飛んだ。

三、記憶

あたたかい。

ここは、とても、あたたかい。

そう――シャーナは思った。

でも、シャーナは知らない。〝ここ〟がどこであるのかを。

何も見えない。

瞼を閉ざしているわけではない。視界を遮られているわけではない。しかし、シャーナには何も、見えなかった。

白い世界。

いや、白というのも正確ではない。

白でさえない世界……色のない世界にシャーナはいた。

(…………?)

本当に、何も見えない。見ることができない。自分の肉体《からだ》さえも。

ただ、途方もなく——あたたかい。

こんな安らいだ気持ちは初めてだ、と思ったそばから、シャーナは思いだす。

違う。知っている。知っていた。

この温もりよりもまだあたたかい世界を……。

シャーナの耳に届くのは、甲高い産声。

そう、それは生まれる前の温もり。母の胎内《からだ》のあたたかさ。

そうして生まれたときの温もり。彼女を抱きあげ抱き締めた、母の腕《かいな》のあたたかさ。

産声が遠ざかる。

母の温もりが、消失する。

次に聞こえたのは呼び声。

——シャーナ。

母の声ではない。父の声ではない。物心ついたときには二人ともすでにいなかった。でも……その呼び声は、世界中の誰よりも大好きな人のものだった。

(お、ねえ……ちゃん?)

——おねえちゃん。

甘えるようにそう姉を呼んでいたのはいつまでだったろう？

――シャーナ。シャーナ。早くおいで。早く来ないと置いてっちゃうわよ。

色のない世界に、姉の幻が出現していた。彼女は手招きする。シャーナを振り返り振り返り、彼女が走っていく先は……《竜樹《ルエナ》》。

姉がその枝に手をかける。ふわり。彼女は舞うように樹の上の人となる。

――シャーナもおいで。どうしたの？　怖いの？　大丈夫よ、《竜樹》が守ってくれるから。

そうだ。そうなのだ。樹登りを教えてくれたのは他の誰でもない、姉だった。身体が丈夫でない姉のラーナは、村人たちに後ろ指差されながらも、《竜樹》によく登っていた。体力を消耗するはずの樹登り。それが逆に身体を癒すかのように、《竜樹》とともにある姉は、いつも輝いていた。

いつからか、その隣にシャーナもいた。

並んで足を宙にぶらつかせながら、姉はシャーナに語った。

――この樹にはね、心がある。命があるの。シャーナ、わかる？

――ほら、この実。男たちが必死で育てているこの《竜の実《カッテラ》》。手をかければかけるほどこの実は大きく、うつくしくなっていくわ。でも彼らはわかっていないのね。今年の《竜王《ルデル》》になろうという欲が、かえってこの実を育てる邪魔をしていることに。

――残念なことだわ。わたしにはわかるの。もっと、もっと慈しんであげれば、もっともっと心からこの実《こ》を愛してあげれば、どれほどこの実《こ》は立派に育つことか！　でもそれにみんな気づかないのね。この樹は求めてる。とても求めてる。わたしたちの温もりを。やさしい言葉を。

幼いシャーナはそのときこう言ったのだった。おねえちゃんが育てたらいいよ、だっておねえちゃんは樹に登れるもの。村の女の中では他の誰も、そんなことできないのに！

姉は静かに首を横に振った。姉は知っていた。幼女《こども》を抱えて、女の担当する仕事もまともにこなせない自分に、そんな資格はないことを。

――誰も信じてはくれないでしょうね……。この樹とこうして寄り添うことがわたしにとって何よりの薬だっていうこと……。

あの頃のシャーナには、言葉は耳に入ってくる音の羅列でしかなかった。理解できない姉の言葉を、ただ音楽のようにシャーナは聞いていた。

今、繰り返されているのはあの頃と寸分変わらぬ光景だ。再現といっていい。

それなのに、今のシャーナは姉の言葉にどれほど沢山の意味を感じていることだろう？

――どうして。

シャーナの心に込みあげてくる想いがある。

――どうして思いだしたの。どうしてこんなこと、思いだしてしまったの？

忘れていたのに。

ずっとずっと、忘れていたのに。

忘れたことに……していたのに。

封印していた。

かつて感じていた、あたたかな想いは、すべて。

幸せな記憶など、ほしくなかった。やさしい腕も。言葉も。

それは自分を――弱くさせるだけだから。

生きていくためには。ひとりで生きていくためには、誰よりもつよくならなければならなかったから……。

あたたかい記憶が、シャーナの心を溶かしだす。

凍りついていた心の急速な活動には、大きな痛みが伴っていた。

あの日、あのとき、あの場所で、封じ込めた想い。
——嫌だ。死にたくない。生きていたい。
——姉さん、大好き。どうして死んじゃったの。どこへも行かないでよ。
——あたしを裏切らないで。誰も、あたしを傷つけないで！
——ばあちゃん、愛してよ。あたしを愛してよ！　あたしを見てよ！
哀しい。寂しい。苦しい。……怖い。
今まで自分自身に許していなかった感情が、わきあがってくる。
胸がかき乱される。息ができない。
息をするために……シャーナは泣いた。
生きるために、シャーナは泣いた。
大声をあげて。

「シャーナ！　シャーナあっ！」
スレドの凶牙に、シャーナがくずおれていく。セルダは叫び声をあげて彼女に駆け寄った。

　しかしスレドはセルダが到達するその前に、軽々とシャーナの身体を抱きあげてしまう。そして、

「アストゥーラよ、この娘をお前に託す！」

　と頭上に声を張りあげた。

　するすると、根がシャーナに向かって触手を伸ばす。今まで無反応だった根の突然の従順さに、スレド自身もわずかに戸惑ったようだ。しかし彼はすぐに気を取り直すと、根に向かって腕を差し伸ばした。

　根はシャーナを抱きあげると、その身体をゆっくりと編み込んでいく。やがてシャーナは先ほどまでの姉ラーナとまったく同じ姿となった。

　スレドは満足そうに口端を歪ませて嗤うと、骨の山から走り降りる。投げ捨てた姉を今度は抱き取り、彼はセルダを睨みつけた。

「どうする？　セルダ。行くだろう、一緒に。これでおれたちは、〝完全〟なヒトになれるんだからな。一時の気の迷いは忘れてやる。さあ！」

　スレドの眼の力はつよい。その眼力で、セルダの決断を促す。しかしセルダは……ゆっ

くりと首を横に振った。

「駄目だ。僕は行けない。それを裏切りと呼ぶなら、呼んだらいいよ。だからといって僕は別に〝あっち〟につくわけじゃないけどね……。スレド」

セルダはスレドを見返す。彼の紅い瞳に宿っているのは、何だろう？　そこには確かに、スレドに負けない力がたたえられていた。

「返して」

セルダはスレドに向かって両手を差し伸べる。

「返して。その人は、シャーナの、大事な人なんだ。だから」

「そんなこと、おれには関係ない。もちろん、お前にもな、セルダ」

スレドは冷たく言い放つ。

「おれとお前はまだ……〝関係なく〟はない――繋がっては、いるが」

「それなら……僕のこの気持ち、スレドにも伝わるだろう？　ねぇ……スレド。もう一度言うよ。その人を返して。シャーナにとってかけがえのない、その人を返して」

「悪いが、セルダ。お前とのそんな繋がりさえ、もう切れる。あのシャーナとかいう娘の血によって。ああ……さすがに生きのいいのは違う……血が、体中を駆け巡っていくような感覚がある……。早く、仲間たちにもこの喜びを味わわせてやらなくては！」

スレドが踵を返す。彼はシャーナの姉を横抱きにしたまま、走りだす。

「スレド！」

スレドを追おうとしたセルダの足が……止まった。

「………」

追うのを諦めたわけではない。

——呼ばれた気がしたのだ。

「……シャーナ？」

セルダは、根に絡め取られた少女を振り返った。そのとたんに、彼の鼻先を掠めて落ちた、滴がある。

(な、みだ……？)

その滴は、次から次へと降り注いでくる。シャーナの瞳から……。

そして、彼女の口から放たれる、大きな嗚咽。

シャーナは、泣いていた。

セルダはその涙を手に受けると、少しずつシャーナに歩み寄っていった。

「……どうしたの？」

セルダの問いかけに対する、答えはない。答えられないのかもしれない。息つく間もないほどに、シャーナの嗚咽は激しかった。まるで、胎内から初めてでてきた赤子《こども》のように……。

だから、セルダは彼女の涙を、あまり痛々しくは感じなかった。それどころか、なぜか自然に口元には笑みが浮かんでいた。

「やっと泣けたね」

なぜだろう、セルダの口からはそんな言葉がこぼれていた……。


止まらない涙を、なぜか心地よいと、シャーナは思っていた。

今までは……何も、感じたくなかった。

傷つきたくなかったから。

すべてに背を向けていれば、すべてに裏切られることがないから。

そうやって、逃げていた。

そうやって……うまく生きてきたつもりでいた。

でも……違った。

生きてなんかいなかったんだ。

本当に生きたいなら、逃げてはいけなかった。

泣いて、わめいて、苦しんで——戦わなければいけなかった！

シャーナは、かっ、と目を見開いた。

突然、彼女に視覚が戻ってくる。

人骨の山——生贄として死んでいったであろう少女たちの残骸が目に飛び込んでくる。

（そう……あたしはまだ死ねない。あたしはこれから、生きるのだから！）

嗚咽を鎮め、シャーナは叫んだ。

「あたしは戦う……！」

そのとき、シャーナの身体を光が包んだ。

（な、に……？）

胸のあたりが灼けつくように熱い……痛い。どうやらそこが光源のようだ。身動きできないシャーナが身をよじると、ふわり、と何かが胸元から浮かびでた。

（ウィナの……首飾り？）

《竜の実》でつくられた剣《つるぎ》。それがまばゆい光を放ちながら揺れている……。

《竜の実》そのもののような光球が剣を中心にして、少しずつ大きくなってゆく。

そのまぶしさに、シャーナは瞳を閉ざした。

「……シャーナ！」

近くでだろうか、遠くでだろうか？

誰かの声が、聞こえた……。

四、善き竜、悪しき竜

朝まだきのルエナ村。

皆が眠りに就いているであろうその時刻、寝具の中で眠りを持て余している者があった。

ウィナである。

（眠れない。……どうして？　なんだか……）

胸騒ぎがする、と彼女は思った。訳もなく心臓の鼓動が高まり、じっとしていられない。

隣に寝ている両親を起こさないようにと気をつけながら、ウィナはそっと家をでた。

太陽の姿はまだない。しかし、空は少しずつ明るみ始めている。

ウィナの足は、自然に《竜樹《ルエナ》》に向いていた。

「ねぇ……呼んだ？」

《竜樹》の根本に立ち、彼女はそう呼びかけた。

――ざわざわざわざわ。

落ち着かなげな葉の音が、ウィナに確信させる。何かが起こっている、と……。

(……シャーナ？)

ふいに、ウィナはあの少女を身近に感じた。脳裏に少しずつ浮かびあがってくる、シャーナのつよい眼ざし。

——とく、とく、とく、とく……。

鼓動が早まる。なんだか、胸が痛い。

——とく、とく、とく、とく……。

——とくん、とくん、とくん……。

(…………？)

鼓動に耳を澄ませて、ウィナはその違和感に眉をひそめる。重なり合う二つの鼓動。ひとつはもちろんウィナのものだ。ならば、もう、ひとつは——？

ウィナは胸に手をあてた。掌に触れる、硬い感触……それは、首飾りだった。《竜の実《カッテラ》》の皮を使って、ウィナみずからがつくった首飾り……。

ウィナは革紐をたぐり寄せる。楯型の飾りが衣服の下から現れたそのとき——

光が満ちた。

(な、に……？)

その光はあまりにもまぶしくて。まぶしくて。それでも何が起こっているのか確かめたくて、ウィナは必死で目を開けていた。

光は帯となり、空へと伸びる。まっすぐに。ただひたすら、まっすぐに。そして速く。とても、速く。

光は何を目指すのだろう？　天空？　それよりももっと遠くの……どこか？　そうウィナが思ったとき……光が、墜ちてきた。

光の洪水。

流星群など比べものにならないほどの、圧倒的な光の群れ。

未だ朝日が昇らぬ空が、真っ白に塗りつぶされた。

(何？　何が起こってるの？)

《竜樹》に問いかけたが、返答はない。畏れを感じたウィナは、村長《むらおさ》を訪ねた。

「どうしたね、ウィナ？」

村長はまだ寝ていたようだ。ウィナは寝ぼけ眼の老爺の手を取ると、強引に外へ連れだした。

「これは……」

村長は天を見あげ大口を開ける。さすがの老爺も目を醒ましたらしい。

見渡せば、村人のほとんどがその異変に気づいたらしく、わらわらと外へとでてくる。

皆一様に不安げな表情をその顔に浮かべて。

「村長さま！　これは一体……」

「何かの凶兆でしょうか？」

「まさか、《悪竜《トラッチェスタ》》の仕業では……！」

村人たちは好き勝手な憶測を口にしながら、村長に詰め寄る。しかし村を束ねるこの老爺が何一つ知らないということを、ウィナはすでに確信していた。

（そうだ……話さなきゃ……。何が起こったのか……）

ウィナの首飾りは、今は何もなかったかのように沈黙している。光をあふれださせ天上を白く染めると、楯はその役目を終えたかのようにただの白い塊に戻ったのだった。

「村長さま、実は……」

ウィナが村人たちをかき分けて、村長に話しかけようとしたそのときだった。

——ああっ……！

村人たちがいっせいに声をあげた。

今度はウィナが気づくのが遅れたのだった。

その——途方もない光景に。

「竜……？」

ウィナの口から、ため息のような呟きが洩れる。

そう、天には竜がいた。

伝説の姿そのままに。

つよい意志を秘めた紅い瞳。岩のようにごつごつとした緑の鱗。歩くたび大地に跡を残す長い尾。咆吼するその口にきらめく牙……。圧倒的な存在感をあたりにまき散らしながら跋扈する生物——竜。

竜は、一匹ではなかった。

何匹も、何匹も。数え切れないほど多くの竜たちが、吼え、鳴き交わし、歩いていた。

「これは……《悪竜》？」

村人たちが、恐怖にこわばった表情で、そう口にする。

そう、ルエナ村の歴史は語っていた。かつてこの大地には、邪悪な竜がはびこっていたと。天に映しだされたこの光景が、過去のものであるならば、きっとこの時代はその頃のものなのだろう。

しかし……

頭上の竜たちの姿を見て、ウィナは自然に微笑んでいた。

なぜだろう。この竜たちからは、繰り返し聞かされてきた《悪竜》の邪悪さをまるで感じないのだ。むしろ……清々しささえ感じる。はるか昔、今と変わらぬ青空の下で、竜は懸命に生きている――たとえそれが刹那的に現れた幻であっても、この瞬間、竜は確かにそこにいた。雄々しく。凛々しく。うつくしく……。

そしてウィナは、誰かに似ている、と思った。ああそうだ、とすぐに彼女は納得する。

(シャーナだ……)

彼女の獣のような美を、自分は猫に喩えていたけれど……竜を知った今では、シャーナを喩えるのに、竜ほど相応しい生き物はない、とウィナは感じていた。

そのままうっとりと、ウィナは竜を見つめ続けていた。この現象が、奇怪なものであることも忘れて。村人たちもまた――ウィナとは違った心持ちではあろうが――その光景から目が離せないでいる。

やがて彼らは、ああっ……といっせいに声をあげた。

天上の映像が変わり始めていた。

自信に満ちていた竜の紅い瞳に翳りが射す。それは……戸惑いのようにも、恐怖のようにも見えた。

竜以外の生物が、彼らのものだった大地を侵し始めていた。それは——ヒト。彼らは群れとなり竜を襲う。ひとりひとりは脆弱ながらも、手に武器《エモノ》を持ち、大群となった彼らは、竜たちにとって充分に脅威となったようだ。一匹、また一匹と、竜はその巨体を大地に横たえていく。紅い瞳から流れる、涙のような血……。

(こ……れは?)

ヒトが、竜を殺《あや》めていく。無視される悲痛な叫び声。〝狩り〟と呼ぶには酷《むご》すぎる——しかしそれは、存在するはずのない光景だった。村の伝説では……竜が。《悪竜》の方が人々を襲い、喰らったはずなのだ……。

(だけど……)

これは真実だ、とウィナは思った。確証などない。ただ、網膜に強烈に灼《や》きついてくる痛みにも似た感覚が、彼女に信じさせた。これは、歴史。人間が知らなかった……知らないことにしてしまった、竜たちの歴史なのだと。

周りを見渡せば、村人たちは皆その光景に釘付けになっている。誰もが、魂の抜けたような表情で天を見つめたまま動けない。

無惨に横たわった仲間たちの亡骸を見て、竜たちは哀しげに咆吼した。生き残った竜たちの顔に浮かんだのは、諦めだった。彼らは空を仰ぐと、隊列をなして歩きだした。

——それは、地上との訣別だった。

一時代、地上を征服していたものたちの敗北宣言だった。

彼らが辿り着いたのは、火の山ティラドゥエル。その山頂。竜たちは次々と火口の中に身を投げていった……。

しかし、そんな仲間たちを静観している、一匹の竜がいた。彼は決して火口の方へ一歩を踏みだそうとはしなかった。火口へ向かう竜たちは、彼を振り向き、何かを問いかけた。そのやりとりは直接、ウィナの脳裏に——おそらく他の村人たちにも——響いてきた。

——行かないのか、もはや地上に我らの居場所はない。このままでは我らは遠からず滅ぼされてしまう、あの生き物たちに。

——わたしは、行かない。我らはまだ、彼らと通じあっていない。我らに敵意はない、ということが伝われば、あるいは……。

能だ。

——無駄だ。奴らが望みは我らの駆逐。聞く耳などあるものか。通じあうことなど不可

——わたしは、残る。

——そんな我儘を。お前が痛みは我らが痛み。お前が地上で味わう苦痛を、我らが一族皆が味わうことになるのだぞ。それでも残ると?

——心配はいらない。苦痛よりも喜びを、わたしは皆に与えよう。わたしは信じる。この地上には、まだ希望がある、と。

そしてその一匹の竜を残し、彼らは火口の中に消えた。

ただ一匹、残った竜は低く咆吼し、人の群れの方へ歩みだした……。

五、泣き竜

シャーナの心に、あたたかいものがこみあげてくる。

その力強さに、彼女は微笑《わら》った。

首飾りの剣を、その手に取る。

いつの間にか、身体は自由になっていた。

両手で剣の柄を握り締める。すると剣は……輝きとともに真剣《ほんもの》と化した。一閃。ただそれだけで、シャーナは根の戒めから解かれた。

それは、不思議な出来事だった。根は切れず、ただ離れた。大切なものをくるんでいた……その手を放すかのように、ふわり、と。

シャーナは剣を抱くように着地した。目の前には……セルダが立っていた。

「シャーナ！　無事だったんだね！　すごいや……《最後に残ったもの《アストゥーラ》》が、ヒトの言うことを聞くなんて……」

（〝ヒト〟……）

シャーナはセルダの紅い瞳を覗き込み、言った。

「セルダ。あなたは。あなたたちは、人間じゃないのね。なかったのね」

セルダは、彼らしくない複雑な笑みを浮かべた。

「そうだよ僕らは……竜。今では〃竜族〃なんて呼び方をしているけれど、本物の竜。いや……竜だった、って言う方が正しいのかな？」

セルダはシャーナに手を差し伸べた。

「ともかく今は、スレドを追おうよ。君の大切な人を――姉さんを取り戻さなきゃ。それとも……恐い？　僕は人間じゃないって知ってしまったら、君は僕を恐れてしまう？」

シャーナは答える代わりにしっかりとセルダの手を握った。

二人は、火口の中を歩きだす。

「あなたたちは……どうして今みたいに、人の姿になったの？」

「人を――喰らったからだよ」

シャーナの問いをきっかけとして、セルダは……ぽつり、ぽつりと話し始めた。

竜《かれら》のことを。

「僕らの先祖はこのティラドゥエル山の火口で暮らしてきた。ずっと、ずうっと昔からね。

本当の僕らの姿っていうのはたぶん、シャーナの村に伝わる伝説そのままだよ。紅い眼と緑の鱗に長い尾……僕らは巨大な生き物だった。それこそ人なんて丸飲みにできるくらいの。でも僕らが食べるのはね、蟲《むし》なんだ。意外に思う？ でもね僕たちは、この火口に棲む小さな蟲を捕らえて食べるだけで、充分満足できるんだ。生きていけるんだよ。だけどねあるとき——シャーナ、君のご先祖さまだね——が、火口に墜ちてきたんだ。それが、君たちの村が差しだした初めての〝生贄〟だった。僕らの祖先は……戸惑ったよ。だって僕らは肉食なんかじゃないんだ、人が勝手にそう思いこんでいるだけで。彼らは〝人間〟をもてなしたよ。精一杯ね。でも生贄たちが僕たち竜に打ち解けることはなかったそうだけど」

セルダはシャーナの瞳を見すえる。その紅い紅い竜の瞳で。

「そうやって、儀式は繰り返されていったよ。僕らの世界に降りてきた人間たちは、ここで暮らしていたんだって。十年に一度の生贄だけれども、確実に仲間は増えていたからね。でも……でもあるとき。どうしてそんなことを思いついた竜がいるのかわからないんだけれども……。僕たちの祖先のうちのひとりが、言ったんだ。人を喰らってみたい……って」

シャーナは思わず口元を押さえる。

「そんな彼を、馬鹿にした竜はいたけれど、でも止める竜はいなかったんだ。そして彼は……人間を喰らった。それがすべての始まりだったんだ」

話し続ける、セルダの唇が震えている。

「シャーナ、僕たち竜はね、君たち人間とは根本的に違う生き物なんだ。僕らは、もちろん躯《からだ》は独立したものなんだけれど……心はね、みんな繋がっているんだよ」

「繋がって、いる？」

「こんな言い方、わかりづらいかな？　僕らはね、竜という種族で、ひとつの塊だったんだ。僕らは息で。吐く息ですべてをわかりあえた。感じあえたんだ。だから僕らは、自分と同じように仲間を愛するんだよ。すべての喜びはみんなのものだし、哀しみもまたみんなのものだから。僕らは、争いなんかとは無縁だったんだ。……そう、人間を喰らった最初の竜が現れるまでは」

シャーナは相づちさえ打つことができない。ただ黙って、彼の話を聞いていた。

「人を喰らったその竜は、もう息ですべてを伝えることができなくなってしまったんだ。代わりに彼は、人の言葉を喋れるようになったんだけど……。そしてその竜は、他の竜たちに薦めた。人を喰らえばすばらしい変化が起こるって。そして僕らの祖先は、生き残っていたすべての人間を喰らい尽くした」

「今まで一緒に暮らしてきたその……人間たちを？」

「そう。僕ら竜の好奇心はもう止められなかったんだ。それに……これは僕が知らないことなんだけど、僕らの祖先は、人を憎んでいた時期があったんだって。もしかしたら、その復讐の気持ちもあったのかもしれない。変化は確実に、僕らに訪れていたよ。僕らはもう言葉以外では、他の竜に何も伝えることができない。そして言葉は僕たちの祖先が思っていたよりもずっと不自由で……息のように完璧に、心を伝えることなんてできはしなかったんだ。そのことに気づいたときはもう、遅かった。僕らの多くは、皆人を喰らってしまっていた。そしてね……とても魅力を感じてしまっていたんだ。〝人間〟というものに。僕らは竜という〝種族〟をずっと大切にしてきたんだけれど……人間の心に変化した僕たちは、知ってしまったんだよ。〝自分〟というものを」

セルダが微笑んだ。それが何を意味するのか、シャーナにはわからなかった。

「自分というもの。仲間の誰でもなくて、自分だけの心というものを手に入れた僕らは、中毒したんだ。〝人間〟というものに。だからそれから上の世界から投げ込まれる生贄は本当の意味での生贄になってしまったんだよ。僕らは生贄から血を搾り取り……それを啜ってきた。あの根を見たろう？　あの根には治癒能力があるんだ。それを僕らは、生贄を生かさず殺さず捕らえておく道具として使った。もっともっと、人というものに近づきたい。近づいてみたい。そして僕らの一族はいつの間にか、竜としての本来の姿さえも失った……僕らのようにね。でも、僕らはまだ完璧じゃないと思ってる。僕らはまだ——かすかだけれど、繋がりあっている。僕らはその繋がりを断って、完璧な人間になることを望んでた。だからシャーナ……僕らは、君を捕らえて血を啜り……いずれ新しい生贄が投げ込まれてきたそのときには、その肉を喰らうつもりだった」

シャーナは掌に汗がにじみだしてくるのを感じて、そっと拳を握り締めた。

「僕はね……僕もね……ものすごい憧れがある。人間というものに対して。君たちは誰一人同じじゃなくって、別々の心を持って生まれてくる。生まれたときから自分というものがあって、自分の目で世界を見ることができる。それってすごいことなんだよ。僕ら竜からしてみたら……」

「でも」

ようやくシャーナが、言葉を発した。

「でも竜は……わかりあえたんでしょう？　息だけで、すべてを伝えられたんでしょう？　それって――それってすごいことじゃない。人は、みんな別々の心を持っている。それのどこが羨ましいの？　そのせいであたしは……あたしたちは、傷つけられる。心と心がぶつかりあう。いがみあう。わかりあえない、決して、あなたたち竜のようには……」

「そう思う？　シャーナはそう思う？　でもねシャーナ、君はわかってないんだよ。自分というものがあることの嬉しさを。確かに言葉は不便だよね。僕だってあるよ、全然うまく伝えられないこと。でもね、僕の中にあるものを、僕の言葉で伝えようとしている、することができるっていうのが僕にとってはすごい喜びなんだよ」

セルダは立ちどまり、両腕で自らの身体を抱き締めた。確かめるように。そしてそのあとで……少し不安な表情を見せた。

「けれどねシャーナ、僕は今正直戸惑っているよ。僕は人間に憧れていて……完璧な人間になりたくて……そのためにはあと少し。あとほんの少し人間の血肉を喰らうだけでいいんだ。……そうシャーナ、君の血肉をね。だけどどうしてなのかな？　頭ではわかってるんだ、わかってたのに……。僕は仲間から君を逃がそうとした。自分で自分がわからないよ……」

セルダが泣きそうな顔になる。それはシャーナが初めて見る彼の苦悩の表情だった。

「嫌なんだ。君がいなくなってしまうのが、嫌なんだ。シャーナ、僕が初めて君に逢ったとき、言ったよね？　まるで贈り物みたいだって。今、僕は本当にそう思うよ。シャーナ、君が僕にお姉さんの話をしてくれたときがあったよね？　あのときにね、僕はすごくすごくつよく、君の想いを感じたんだ。僕はまだ、完全に人間じゃないから……竜だから……あまりにもつよい想いがこめられた呼吸《いき》は、感じ取ってしまうのかもしれないね。君の哀しみ。君の苦しみ。君の――存在を僕は感じたんだよ。そうしたら……不思議なんだ。君は人間なんだけど……僕らにとっては〝生贄〟なんだけど……。でも、人間とか生贄とかじゃなくて、僕はねシャーナ、君を、君だって思った。君を喰らって人間になるよりも……君にいてほしいって、思ってしまった。わかるかな言いたいこと？　ああやっぱり言葉は不便だね。いったいどうやって、人間はうまく言葉を使って心を伝えるの？」

「あたしに、いてほしいって、そう言うの……？」

「そうだよ」

「どうして？」

「どうしてって……わかんないよ。わかんないけど……シャーナに生きていてほしい。いてほしいんだ……」

セルダの言葉がゆっくりと、シャーナの身体に染み込んでゆく。

村人たちは、シャーナを必要とした。《竜の実《カッテラ》》を育てることができるから。

イザルは、シャーナを必要とした。彼女の肉体《からだ》がほしかったから。

〝ばあちゃん〟はシャーナを必要とした。面倒を見てくれる人間がほしかったから。

しかし今……セルダはただ、望んでいる。

自分がそばに……いることを。

それは、今までにない感覚だった。

「セルダ……」

自分に巻き起こりつつある激情が何なのか確かめたくて、シャーナはセルダの名を呼んだ。ひどく、弱く。

「シャーナ。黙って」

しかしセルダは厳しい声でそれを遮る。

「スレドが……みんなが、いる」

曲がりくねった狭苦しい道を、二人は歩いてきた。ある曲がり角でセルダは立ちどまった。ごつごつした岩に身を張りつかせるようにして、セルダは様子を窺っていた。シャーナも同じようにして、この先で何が起こっているのか、覗き見た。

思わず叫び声をあげそうになって、シャーナは口を押さえた。

広場のような場所に、〝竜族〟の面々が集まっていた。彼らはスレドを中心に輪になっている。スレドの腕の中には……ぐったりと意識を失ったままの姉の姿がある。

「シャーナ。しばらく様子を見よう」

今にも飛びだしていきかねないシャーナの表情を見て取り、セルダは言った。シャーナは素直に頷いた。確かに、今でていったところで何もならないということぐらいはシャーナにもわかっていた。二人はその場にしゃがみ込んだ。

「俺はもうすぐ、完璧な人間になる！　さっき新鮮なヒトの血を飲んだ。その血が、今全身を駆け巡っているのがわかる……さぁ、皆この喜びを分かちあおう！」

スレドは姉の身体を地面に横たえた。竜族の若者たちは、我先にとその身体に手を伸ばす……。

「セルダ。姉さんが……食べられる」

シャーナは腰を浮かした。もはや一刻の猶予もなかった。セルダもシャーナを支えるように立ちあがる。

——そのとき、耳をつんざく悲鳴が響き渡った。

「待ってシャーナ……様子が、変だ」

セルダがシャーナを止めた。

竜たちは言葉を失い立ち尽くしている。それは、中央に立つスレドが頭を抱え、もがき苦しんでいるからなのだった。悲鳴の主であるスレドは、奇声を発しつつ、地に膝をついた。

「どうしたスレド！　どうしたのだ！」

狼狽を隠せない竜たちは、彼の身体を揺すり、問いかける。

「あ……あああ……」

スレドは顔を手で覆っていた。仲間たちの問いかけに、彼は指の隙間からちらりと瞳を覗かせる。

そして竜たちは——セルダは、シャーナは見た。

琥珀色の瞳を。

「紅く……ない」

セルダが呆然と呟く。

「そうか……スレドは……〝人間〟になったんだ、完璧に……」

その事実に気づいた竜たちの顔に、戸惑いの色が浮かぶ。スレドは完璧に人間になった……はずだ。ならば、彼のこの苦しみようはどういうことなのか？

「スレド……？」

竜たちの眼ざしが自分に注がれると、スレドはひっと短い悲鳴をあげた。助け起こそうとした竜の手を払い、突き飛ばす。

「触るな！　誰も俺に……触るな！」

彼の声は、震えていた。スレドは頭を掻きむしる。狂おしげに。

「お前たちは誰だ？　俺は……誰だ？　闇だ、闇だ、闇！　ここは闇だ。誰の心も届かない。俺の心も誰にも届かない！」

スレドの手が地を這う。その掌は何を捜しているのだろう？

「スレドの心が……完全に竜族《ぼくら》から離れた」

セルダがぽつりと呟く。

「僕らが共有できた心から、永遠に」

と。

「だから……苦しんでいる？　心が、ひとりぼっちになって？」

シャーナの問いに、セルダは無言で頷く。

「でもそれって……」

人間ならば、当たり前のことだ。そう言おうとしたシャーナの、唇が動きを止める。同じようなことを、先に言った者があったのだ。

「当たり前よ。それが……人間なんだもの」

竜の輪の真ん中で、ゆらりと立ちあがった人物――彼女は、長い髪をかきあげると、虚ろな目であたりを見回した。

「姉、さん……？」

生きていた。喜びと戸惑いに、シャーナの身体が震えた。

すぐに、姉のもとに飛びだしていきたかった。しかし……覚醒した姉ラーナの圧倒的な存在感に、シャーナの身体はこわばったままだった。シャーナだけではない。その場にいた誰もが、ラーナに威圧されていた。

ラーナは――その女性は、苦しみもがくスレドにやさしい眼ざしを投げかけると、そっと傍らに寄り添った。

「可哀想に……」

ラーナはわなないているスレドの背中をさすりさすり、呼びかける。怯えた表情のスレドは、ラーナの胸に顔をうずめた。

スレドは泣いた。

鳴いたのではない。哭いたのではない。

おそらく彼は——生まれて初めて、泣いていた。

「これが、人なの……」

ラーナの澄んだ声が響き渡る。

「わかったでしょう。人間に憧れる愚かしさが。他人の心の中は見えなくて。ひとりぼっちで。どうしようもなく弱くて、ときにはとてつもなく寂しくなる。人間って、そんなものよ。もう……終わりにしましょう?」

ラーナはゆっくりと、一同の顔を眺め渡した。

「わたしはあの根の中で、ずっと暮らしてきた。あの中は、とてもあたたかいのね。あれは何? あなたたちの仲間? あの根にくるまれていたとき、わたし、とても安らぎを感じたわ。きっとあなたたちも、あんなふうに……繋がっているんでしょう？　わたしは逆にあなたたちに憧れるわ。人は……繋がっていないもの。人は……」

裏切るもの。その呟きの中に、シャーナは姉の翳りを感じ取った。姉もまた、苦しんできた。おそらく、火口に墜ちたあの日から。自分を必要ないものとみなした村人たち。ぐるになって自分を生贄に選んだ者たち。彼らに対する憎しみ、恨みを、彼女は少しずつ溶かしていったのだろう。あのやさしい根に守られながら。

ラーナはスレドの背をさすりながら続ける。

「わかったでしょう？　これが人間。それでもまだ、ヒトになりたいというものがいるなら……わたしはあげるわ。この血を。肉を。わたしはもう地上へ戻る気はないから。……あの苦しい世界へ、戻る気はないから！」

竜たちは沈黙している。誰も口を開くものはなかった。

しかし……。

「じゃあ……くれる？　僕に、あなたの血を。僕は人間に、なりたい」

セルダが動いた。シャーナが呆然としている間に、彼はひとり、姉のもとへ歩みだしていったのだ。

(セルダ……?)

シャーナはその場に突っ立ったまま、彼を見つめていた。どうしてだろう、息が苦しい……。

「セルダ、お前……!」

〝裏切り者〟。セルダのことをそう思っている仲間たちが、いっせいに彼を睨みつける。

しかしセルダは怯まなかった。彼はラーナの前に立つと、もう一度言った。

「あなたの血をくれる? 僕が、人間になるために」

姉ラーナは突然の闖入者《ちんにゅうしゃ》に驚いたように目を見開いた。

「あなたも……竜ね?」

セルダの紅い眸《ひとみ》を覗き込み、ラーナは訊いた。

「そうだよ」

「とても、やさしい眼をしているのね……」

「そうかな?」

ラーナはスレドの肩に手を置いたままセルダに向き直り、言った。

「そうよ。だから……おやめなさい。人間などになるのは」

「どうして？」

きょとん、とした表情のセルダ。

「どうしてって……わかるでしょう？　ほら……この竜《こ》、こんなに怯えて……。きっと今思っているはずだわ、こんなことなら竜でいればよかったって。彼は、失ってしまったわ。通じあえる心。伝えあえる息。彼は——すべての竜と一緒だった彼は、切り離されてしまった。寂しいの。哀しいの。ひとりぼっちなの。この世の中で、たったひとりきりになってしまったの……」

「でもそれが、〝ヒト〟なんでしょう？」

セルダは濁りのない紅《あか》で、ラーナを見つめる。そんな彼に、気圧されたのだろうか、彼女はつい、と目をそらした。

「簡単に言わないで」

ラーナの声が震えを帯びたものに変わる。

「あなたは知らないの。知らないから言えるのよ。他人が何を考えてるのかわからない。心を伝える手段といえば、言葉だけ。でもそんなもの儚いの。脆くて、頼りないの。いくらでも言葉なんて連ねられるの。でもその中に真実があるかどうかなんて……結局のところ、わからないのよ！」

ラーナが激昂する。しかしセルダは——微笑《わら》った。

「素敵だね」

そう言って。

「その人の心は、自分だけのもの。どんなに触れあっても、呼吸《いき》を交わしあっても、二つの心がひとつになることはない。ヒトはなんて……なんて素敵な宝物を持って生まれてくるんだろう？　この世でたったひとり！　ただひとりの存在！　ああ……わかった気がする、どうして人間が……彼女があんなにもまぶしいのか！」

興奮しているラーナはセルダの〝彼女〟という言葉に気づかなかったようだ。ラーナは、

「わかっていないだけなのよ、あなたは」

と冷たく言い放った。

「じゃあ、それをわかるようになりたい。なるよ。だから言っているんだよ、血をちょうだいって」

「…………」

ラーナは口ごもった。

「言ったよね？　くれるって」

追い打ちをかけるように、セルダが言う。視線から逃げるように、ラーナはしゃがみ込み、スレドを抱き締めた。

訪れた沈黙。

そうして。

それを待っていたかのように、シャーナは姉に向かって進みでていった。

六、再会

幾つもの紅い眼がいっせいにシャーナに向けられる。

そして……四つの琥珀色の眼も、また。

ラーナの目が、大きく開かれた。

「シャーナ？　シャーナなの？」

十年も前に別れた幼子《いもうと》を、彼女は一目で看破した。その瞳に、すぐさませりあがってきたのは、涙の粒だ。

「不思議……わたしね、あの根の中で、シャーナに逢う夢ばかり見ていた。シャーナはすっかり大人になっていて……。綺麗になっていて。夢の中でね、シャーナはわたしを捜すの。この火口の中で。だからわたしは手招いたわ。微笑《わら》って、呼んだ。あなたの名を」

ラーナはスレドから離れると、急《せ》いたようにシャーナの手を取った。そのまま引き寄せ、抱き締める。

「シャーナ。シャーナ……。わたしの可愛い娘《こ》。どうして、ここに？」

ラーナはしばらく夢中でシャーナの黒髪を撫でていた。しかしやがて自分の問いに、自分で答えた。

「いいえ、わかるわ。聞かなくても、わかるの。あなたも同じ。わたしと同じ。あなたも裏切られて、ここに来たのね。あの心ない村人たちに、生贄に選ばれて。やさしくて、まっすぐなあなたのことだもの……」

ラーナは妹を抱く手に力をこめた。その表情が、訝しげなものに変わる。

「……シャーナ？」

予想とは異なる妹の身体の感触。問うように彼女の瞳を覗き込んで、ラーナは気づいたようだ。シャーナが……その抱擁を拒絶していることに。――シャーナの肩は、自分でも気づかないうちにこわばっていたのだった。

「シャーナ、どうしたの？」

なぜだろう。シャーナは思った。なぜ、あれほど追い続けた人の腕を、温もりを受け入れられないのだろう？　けれど今は、確かに姉が遠い人に思える……。

「違う」

シャーナは言った。

「あたしは姉さんとは違う」

「……シャーナ？」

戸惑ったように妹の名を呼ぶ姉。シャーナは、その視線を避ける。

「あたしは裏切られてここに来たわけじゃない」

シャーナはぽつり、ぽつりと語りだした。抑揚のない声で。

（そう、そうなんだ……）

想いを言葉にすることで、シャーナは自分にわき起こった感情を整理することができた。

シャーナは慎重に言葉を選びつつ、続ける。自分の気持ちがなるべく正確に、相手に伝わるように……。

姉の言ったように、自分に与えられた武器《ほうほう》は言葉だけ。それだけで、十年分の想いを伝えなければならない。それはひどく困難なことであるようにシャーナには思えた。

「確かにあたしは生贄として火口に飛び込んだ。でもそれは、あたし自身が望んだこと」

「どうして……？　どうしてそんなこと……。望んだって、死を望んだってことなの？」

シャーナの一言一言に、ラーナが反応する。過剰なほどに。

「違う。別に死にたいわけじゃなかった。あたしはただ、あのくだらない世界を捨てて、新しい世界を見たかっただけ。あの人たちとあたしは、別。あそこはあたしがいる場所じゃない。そう思ったから、跳んだ。ティラドゥエルの火口に」

その話を聞いて、ラーナの表情が和らいだ。わかる、わかるわ、と彼女はしきりに頷いてみせる。

「そう……そうよね。あの村は、村人たちは腐ってる。あなたがそう思ったのも当然だわ、あの世界は、醜《みにく》すぎるもの……」

しかしシャーナは――ゆっくりと首を横に振った。

(違うのに……)

シャーナの胸が詰まる。姉のすべてを拒絶する瞳。それは少し前までの自分のものと寸分変わりがなく――ようやく彼女は理解した。

防御壁だらけの自分。もう一切傷つきたくないと、弱い心を完全に鎧《よろ》ってしまった己の姿を。

でももうシャーナは知っている。その鎧の脆さを。

シャーナは彼女に言葉をかける。かつての自分に呼びかけるように。

「あたしもそう思ってた。でも違った」

「違うって……何が？」

「わからない？」

妹の問いかけに、ラーナはため息をついた。シャーナが姉の答えを待つかのように沈黙を続けていたからだ。ラーナは、そのため息とともに、言ったのだった。わからないわ、と。シャーナはみずからを抱き締めている姉の腕をゆっくりともぎ離すと、彼女と対峙した。

「醜かったのは、たぶんあたし。誰も信じない、誰の心も受け入れようとしない、あたし。戦うことを放棄して、逃げていたあたし」

「……シャーナ？」

姉の顔がこわばる。

（……気づいて）

心の中で、シャーナは哀願する。

気づいて。

あなたを苦しめているのはあなた。自分自身。そのことに気づいて、と。

シャーナは語り続ける。必死に。大切な姉に〝気づいて〟ほしくて。

――残念なことだわ。わたしにはわかるの。もっと、もっと慈しんであげれば、もっともっと心からこの実《こ》を愛してあげれば、どれほどこの実《こ》は立派に育つことか！　でもそれにみんな気づかないのね。

かつて《竜の実《カッテラ》》を撫でながら、姉が自分に言った台詞がなぜか、シャーナの脳裏に鮮烈に甦っていた。

姉の言葉どおりに、自分は《竜の実》を慈しんだ。誰よりも大切に、育てあげた。

今、シャーナは思う。自分は、《竜の実》ではなく自分を抱き締めていたのではないかと。どこかに置き去りにしてきた自分の心を、必死で温めていたのではないかと。

シャーナの眦《まなじり》にうっすらと涙が浮いた。

（あたしは、それを、壊してしまった。自分の手で）

――傷つき悩む、そんな心などいらないと。

しかしシャーナはもう決意している。壊してしまったそれを、もう一度自分で育て直すのだと……。

「もし……地上に戻ったなら、今はきっと景色が、人が、違って見える気がする。うつくしく、見える気がする」

迷いの消えた瞳で、シャーナは呟く。

「どうして？」

ラーナは狂おしく頭を振った。

「どうしてそんなふうに思うの？　思えるの？　あの人たちは……あいつらは、あたしたちを陥れたのよ！　自分たちが生き残るために！」

「でも」

シャーナは姉の髪を撫でる。まるで姉が妹にするように。

「でも、あの人たちはあたしと同じ。あたしと何ら変わらないのだと、やっとわかった……」

「どうして！　どおしてよぉっ！　どうしてシャーナまでそんなこと言うの？　あなたも同じ？　あいつらと同じなの？　敵なの？　ねえ？」

「敵とか、敵じゃないとかじゃない……」

しかしもう姉はシャーナの言葉を聞こうとはしなかった。半狂乱になったラーナはシャーナを突き飛ばし、ひとり号泣し始めたのだ。

（あたしの声は、届かないの……？）

姉に駆け寄ろうとするシャーナの肩を、セルダが叩いた。彼は……笑顔だった。

「シャーナ……すごいね。君はすごいね。初めて逢ったときよりも、君はずっと輝きを増してる。人ってそうなの？　生まれて成体になって、それで終わりじゃないの？　竜とは何が違うんだろう？」

シャーナは思わずくすりと笑った。セルダの声がこんな状況に相応しくなく、はしゃいだものであったせいだ。

「あたしはずっと人間だから。竜との違い……はわからないけど。でも」

シャーナは答えて言った、

「たぶん、人は変われる。いつでも、いつまでも」

とても清《すが》しい声で。

（そうだあたしは……変わろう。進もう）

今まで自分を苦しめてきた、人としての恐れがなくなったわけではない。でも。

その恐れに立ち向かうわずかながらの勇気は……持てたような気がするから。

それはきっと。

「セルダのおかげ」

シャーナはセルダに呼びかけた。

「うん？」

セルダは目を丸くしている。

(セルダはあたしに言った。いてほしい……生きていてほしいと。それは、あたしが、この世でたったひとりだから。どこにもいない、たったひとりの存在だから。あたしがあたしであるというただそれだけで、あたしを必要としてくれる……だからあたしは……)

——あたしでありたい。人間でありたい。

「……セルダ。行こう」

シャーナは彼に向かって手を差し伸べた。

「あたしと一緒に行こう。あたし帰りたい、地上へ。あそこには、たくさんの人がひしめいてる……あたしと同じ、たったひとり、かけがえのない人たちが。あたしたち人間は、繋がりあっている竜とは違って、脆い心しか持っていないけれど、だからこそあたしは、今思うの」

シャーナは深く息を吸い込むと、たった一言、吐きだした。

「人間《ひと》が好きなんだ、って……」

まるでその言葉は、ずっと前からシャーナの心に在ったかのように、自然に彼女の口からこぼれでた。居直りではない、強がりではない、と思わせる重みが、そこにはあった。

セルダがやさしい眼ざしでシャーナを見る。彼はゆっくり近づくと、シャーナの眼前に立った。

「そういうシャーナの気持ち、僕は受けとめたい……シャーナと同じ、この世でたったひとりの人間になって」

「セルダ……」

ぶつかる琥珀と紅。

シャーナは右手を口元に持っていくと、指先を噛んだ。肉が噛み切れるのではないかと思うほど、つよく、つよく。滴るのはもちろん血。生きている証の、真っ赤な血。紅く彩られたそれを、シャーナはセルダに向かって突きだした。

「やめなさい！　やめるのよ！」

姉ラーナの制止の声。

しかし一瞬にして、その儀式は為された。

シャーナの指先をセルダが口に含む。口吻《くちづ》けるかのように、セルダの唇はやさしく動いた。瞳を閉ざした彼は、恍惚とした表情をしている……。

そうして再びセルダが瞼を開いたそのときには、彼の瞳は琥珀色の輝きに満ちていた。シャーナの意志のつよさをそのまま受け継いだのだろうか。セルダの眼ざしには迷いがない。スレドとは違って……。

「あ……ああ……。なんてこと……」

ラーナはその場にへたり込んだ。唇をわなわなと震わせながら。

「セルダ、といったかしら……あなたも今に知るのよ、人であることの苦しみを……」

ラーナの呪いのような呟きに、セルダが返したものは微笑みだった。

「いいんだ。僕は嬉しい。だって……僕はやっと〝僕〟になれた。シャーナと同じものに、なれたんだ」

セルダはシャーナの手を握り締めた。

「シャーナ、さあ行こう」

「行けないわよ！」

ラーナが叫ぶ。

「シャーナ、あなたが今さら地上に希望を抱いても遅いのよ！　目を醒ましなさい！　あなたは墜ちたの。墜ちてきたの。もう戻れない。帰り道なんてどこにもないの！」

「あるよ」

自分でも不思議なくらい、シャーナはそう言い切っていた。

「あたしが行きたいと思えば、きっと行ける。どこへでも」

――ずっと、幻を見ていた。

ぐるぐるぐるぐる。自分を絡め取ろうとする茨。傷つくのを怖れて、いつでも自分はその茨を避けて道を探していた。いざその茨に捕まってしまったら、きっと生きてはいられない。そう思っていたけれど。

きっと、茨の中にも道はあるのだ。

血を流す覚悟さえあれば。

「だからあたしは……行く」

シャーナは独り言のように呟いていた。

そうして、姉を見つめ、彼女は最後の誘《いざな》いをした。

「姉さん……行こう？」

しかし姉は、首を横に振った。妹を責めるような眼ざしで……。

「…………」

シャーナは哀しい瞳を姉に向けた。ウィナからもらった首飾りをそっと外す。それはすでに、真剣からもとの姿に戻っていた。

「姉さんにも勇気が訪れるように……」

シャーナはそれを姉の首にかけた。

そして、二人の人間は――手に手を取って、その場をあとにした。

七、最後に残ったもの

重く響く足音は、今まさに行われている出来事としか思えない。
ウィナを含む村人たちは、鳥肌立ててその光景を見守っていた。
白い天上の世界。たった一匹残された竜。
彼は進む、敵意と殺意しか持たない……人の群れの中へ。
彼は大気を吸い込み、大きく咆吼した。
それは、人々への呼びかけ。
彼は喉を嗄らして叫んだのだ。
まったく違う生き物に対して。友愛を。
その咆吼は高く高く、まるで歌のように大地を揺るがせた。
届け、届け。
たとえ姿は違っても。たとえ発する声が違っても。
願いをつよく持ち、呼びかける。

そうすればきっと、届くはず……。

そんなただ一匹の竜の想いが、大気を震わせる。

人々も、感じてはいたのかもしれない。それが、異形の生物からの何らかの呼びかけであるということは。

しかし……彼らの敵意に満ちた琥珀の瞳には、結局のところ敵意しか映らない。竜は彼らにとって、ただその姿をもってそこに在るというだけで脅威であったのだ。

あがる雄叫び。天に向かって突きあげられる武器《エモノ》たち。

彼らは——人々は突進した、哀しく吼えただけの生き物に向かって……。

竜は抵抗しなかった。彼らの攻撃を、すべて受けとめた。

紅い瞳に宿るのは、切ないほどの友愛。

しかしそのあたたかい眼は、人々に届く前に閉ざされた。どう……彼は全身からおびただしい血を流し、その場にくずおれた。

(…………!)

あまりに酷《むご》い光景に、ウィナは口を押さえる。死にゆく竜の哀しみが、彼女に涙を浮かべさせた。

その哀しみに震える心は、伝播してゆく。

同じ心持つ竜たちは、慟哭する。哀しみに。憤りに。彼らの口から吐きだされる怒りの息……。

それが、火の山ティラドゥエルを突き動かした。

憎しみは溶岩と化し、轟音とともに噴きあがる
突然の出来事に、人々は我を失い、逃げまどう。武器を放りだして。しかし怒れる溶岩が、容赦なく彼らを追いかける……。

天上から、数多くの絶望の叫びが降ってくる。ウィナたち村人は、その悲鳴に身体を凍りつかせていた。

そのとき、だった。

彼が——瀕死の竜が——人々に殺めかけられていた竜が……ぬらり、と巨体を起こした。

紅い瞳が外界に向かって開かれたそのときにはもう、彼は現状を把握していた。

いや、彼は知る前に感じ取っていたのかもしれない。仲間たちの怒りの波動を。

彼は振り向き、迫り来る溶岩に対峙した。

咆吼。ただひたすらの、咆吼。

世界が揺れた。地鳴りがした。

そして……奇蹟が起きた。

溶岩はその進行を止めた。彼の足下で黒く変化してゆく、竜たちの真っ赤な憤怒。

その彼の息が、仲間の竜たちに何を訴えていたのか……ウィナにはわかったような気がした。

――諦めないで。

――気持ちを伝えること、諦めないで……。

ウィナの琥珀の瞳から、ついに涙の粒が伝い落ちた。

(どうして？　でも……どうしてあなたはそんなことができたの……？　自分の身を犠牲にしてまで……そんな気持ちが持てたの？)

そうしてウィナは、地上に最後に残った竜《もの》に呼びかけた。

「《竜樹《ルエナ》》！」

そう、ウィナにはもうわかった。彼のあたたかい息。やさしい波動。彼は今も――身体を失った今でも、人々を……この村を守り続けてくれていることが！

ウィナの呼びかけに反応したかのように、天上の物語は進んでゆく。

奇蹟の咆吼は、彼の最期の息となった。

地上で最後の竜は、死んだのだ。人々がそう望んだように。しかし人々の顔に満足感などない。彼らは泣いた。人々は、彼の死によってようやく気づいた。

彼が——そして他の竜たちも——悪しき存在ではなかったことに。

人々はティラドゥエル山の麓に彼を手厚く葬った。

彼らは、幾度も幾度も墓を訪れ、後悔と感謝の祈りを捧げた。

そしてある日のこと……。

一晩にして、そこには樹が生えていた。

初め人間の背丈ほどだったその樹は、いつしか仰ぎ見るほどに成長していった。

やがて、その実を恵みとして受け取るようになったその頃には、樹の周りには村ができていた……。

(これは……この村の成り立ちね? そうでしょ、《竜樹》!)

ウィナにはもう筋書きが見えていた。

その後も、人々の心にはどす黒い恐怖が渦巻き続けていたのだろう。

彼らがティラドゥエルの火口へと追いやった多くの竜。罪なき彼らを狩り立てた、いつかその罰が……復讐が下されるのではないかという恐怖。再びあの溶岩がこの村を襲うのではないかという恐怖。

いつしか村人の恐怖は、儀式を生みだした。

捧げられる生贄。甦る恐怖とともに、その儀式は繰り返された。

しかしやがて、人々はその真の意味を忘れた。

歴史はいつか、人間の都合のいいように、編みあげられていった……。

《善竜《ラッティエタ》》と《悪竜《トラッチエスタ》》という〝名づけ〟によって、村人は自らの悪行を消去した。竜に苦しめられていたのは自分たちの方であるのだと、思い込んだ。

それでも連綿と、生贄の儀式は続けられていった……。

そういうことなのだろう。

そうして今の、自分たちがいるのだろう。


竜さん竜さん、あなたはどっち？

竜さん竜さん、あなたは良い竜？　悪い竜？

もしも良い竜ならば、その尾でぼくたち守っておくれ

もしも悪い竜ならば、その尾っぽを巻いて消えとくれ
竜さん竜さん、あなたはどっち？

ウィナはいつしか村に伝わる童歌《わらべうた》を口ずさんでいた。

良い竜さん、守っておくれ
悪い竜がやってきて、ぼくらを狙う
炎でぜんぶ、焼き尽くす

〝最後まで歌ってはならない〟。村の子供たちは、大人たちにそう教えられて育った。その意味を……ウィナは知った。そして歌った。

悪い竜は、どこかへ行った
良い竜は、死んじゃった
竜はみんな、消えちゃった

けれど聞こえる、悪い竜の啼き声が
悪い竜まだ、棲んでいる
とても近くに、棲んでいる

……最後まで。

（この歌の最後は……〝禁忌〟だったのね。ルエナの村人にとって……）

悪い竜まだ、棲んでいる
とても近くに、棲んでいる
歌の最後にこめられていたのは、おそらく真実の歴史。本当の〝悪い竜〟は誰であったのかという暗示。悪しきものは……人間そのもので、その心は消えたわけではないのだという暗示。

人々は、忘れ去ることができなかったのだ。

みずからの過ちを。

（………………）

切ないような、苦しいような感情が、ウィナの胸を締めつける。

人間は愚かだ。ひどく愚かだ。

(でも……)

なぜだろう、愛しい……。

ウィナはみずからの身体をつよく抱いた。

天上の光景が、少しずつ崩れ始めていた。ぼろぼろと、光が抜け落ちていく。それは流星となり——空に消えることなくそのまま、ウィナの首飾りに降り注いだ。

(な、に……?)

その衝撃に、思わずウィナはよろめいた。村人たちは驚きの表情でウィナを見つめている。

——ざわざわざわざわっ……。

ウィナの耳内で、葉擦れの音が聞こえた気がした。

(《竜樹》……)

ウィナはとっさに駆けだしていた。言うまでもなく、彼のところへ。ウィナが走りだすと、流星も彼女を追ってきた。彼女の背後に光の帯ができる。

やさしい彼は、いつもと変わらぬ姿でそこに佇んでいた。

ウィナはそっと、その樹皮《はだ》に手を伸ばし、もたれかかる。頬寄せる。
(そう……あなたは望んでいた。人と竜が繋がること。誰も争わずに生きること……)
——さわさわさわさわ……。
夏の朝。その涼しい風に葉を踊らせ、《竜樹》は答えた。
——わたしは諦めないよ。諦めていないよ。
《竜樹》は確かに…… 〝言った〟。
——わたしは繋いでいる。繋ごうとしているよ、今でも。
と。
「…………《竜樹》!」
ウィナは叫んだ。声にならない叫び声。
あるいは彼女は、咆吼したのかもしれない。
彼に代わって、希望の詞《ことば》を。

八、変動

入り組んだ火口の中を、シャーナとセルダは駆け抜ける。

繋いだその手を、離さないように。

先頭を走っているのはセルダだ。シャーナは訊いた。

「どこを、目指しているの？　セルダ……？」

この火口から抜けでる方法を知っているのだろうか？　そう思わせるほど、セルダは迷いなく道を選んでいたのだ。

「……〝長老〟」

いい加減息のあがってきた声で、セルダが答える。

「ちょう、ろう……って？」

最年長はスレドだという話だったが……シャーナは問うようにセルダを見た。彼は走るのをやめ、ぽつりぽつと語りだした。

「シャーナ。君は誤解しているかもしれないけれど、すべての竜がスレドたちのように人間になりたいと思っていたわけじゃないんだ。昔から、人を喰らうことに反対してきた竜たちがいたんだよ。もう、だいぶ数は少なくなってしまったけど……昔のままの姿の竜たちが、いるんだ。その中に、過去に一度も人の血肉を口にしていない完璧な〝竜〟がいる。その竜こそが、僕たち竜の本当の長なんだ」

シャーナの手を握る力を強めながら、セルダは続ける。

「僕らの本当の寿命はね、とっても長いんだ。何千年という単位で、竜って生きるんだよ。でもね……僕らはもうそんなには生きられない。人を喰らった罰なのかな？　僕らのように、見かけも人間に近くなってしまった竜は……二十年生きられればいい方なんだ。人に憧れ……完全な人になることを選んだ僕らは、その運命さえも受け入れていたんだけどね」

シャーナは思いだしていた。セルダの仲間たちは、そういえば皆若かった。スレドが最年長というのは、彼らの寿命がひどく短いせいであったのだ……。

「人に憧れていた僕たちは、君をいちはやく手に入れて……喰らってしまおうとしていた。僕は、生贄が落ちてくるのを待つ見張り役だったんだよ。僕らは急いでいた。反対派《あっち》の竜たちに、見つからないようにって」

シャーナは自分とセルダの出逢いを思いだしていた。そう、たしかにセルダは自分を待っていた。手を差し伸ばして。あれは……いち早く生贄を得るためであったのだ。だけど今は、そんな出逢いさえも運命であったように、シャーナには思えた。まるで贈り物のようだ、とセルダは言っていたが……（今では、シャーナの方が思っている。セルダのことを大切な……〝贈り物〟だと）

それを言葉にはださずに、シャーナはセルダの話を聞いていた。ゆっくりと歩を進めながら。

「シャーナ。僕と君はこれから彼らのところへ行くんだ。そこに棲む……長老なら、きっと竜の姿を失ってしまった僕らより、ずっと力を持っているはずだから」

「でもセルダ……その竜たちにとっては、あなたは敵じゃないの？　大丈夫なの？」

「うん……大丈夫だよ。僕らは別に憎みあっているわけじゃない、わかりあえないだけで」

セルダが導いたのは、壁に灯りが取りつけられていた横穴とは違って、ひどく暗い道だった。その地形が頭に入っているのか、セルダは迷うことなく突き進んだ。

やがて、空気が変わった。

それは、何も開けた場所にでたためではない。

そこには……呼吸《いき》が満ちていた。

深く深く吸い込み、長く長く吐きだす。繰り返される、息づかい。そんな息が、いくつもあった。

竜たちが横臥《おうが》していた。

らんらんと輝く紅い瞳が、闇を照らす。その紅い光の中、シャーナは見た。伝説のままの竜たちの姿を。

緑の鱗は岩のよう、長い尾は裾野のよう……。

――セルダ……？

歯ぎしりのような音。それは、声だった。

――何しに来た……？　そこにいるのは、人間か……？

「そうだよ。シャーナっていうんだ。彼女は上から来た……〝生贄〟だよ」

――また我らを誘惑し、その血肉を喰らわせようというのか、卑しき竜セルダよ。

彼らには、セルダに対するはっきりとした侮蔑が感じられた。〝卑しき竜〟。彼らは竜の姿を失ったセルダのような者たちを、竜とは認めていないのかもしれない。

「違うよ。僕の……僕の眼を見て」

セルダの言葉に初めて、そこにいる竜たちは彼が完全に人間になったことを悟ったようだ。

——愚かな。

——愚かな。

重苦しい息がその場を支配する。

——お前はもう、自分の心を伝える術を失ったのだ、哀れな竜よ。

「そう思うなら思ってくれても、いいよ。長老はこの奥？　僕が用があるのは、長老なんだ」

——我らが……行かせるとでも？

——お前が、長老をたぶらかさないという保証でも？

セルダは、ふっと鼻から息を吹きだした。

「そっか……僕はもう人間になったんだっけ。僕が何を考えているか、悪い心をもっていないかどうか、あなたたちにはもうわからないんだね。伝わらないんだね」

セルダは別段悔しくもなさそうに、竜たちを眺め渡す。

「だとしたら、僕はこう言うしかないね。〝信じて〟」

実にまっすぐに、セルダはその言葉を放った。シャーナが戸惑うほどに。

――そんな〝言葉〟に意味はない。

冷たく言い放つ竜たちに、それでもセルダは言い続ける。

「信じて。僕も信じるから。心の底から呼びかければ、きっと通じるって」

――……それは誤りだ、セルダ。

ふと、セルダに答える竜の声がやわらかみを帯びた。まるで、憐れむような声音……。

――我らの祖先が、身をもって証明した。そんなものは、絵空事だと。

「祖……先？」

――そうだ。

群れの中から、四、五匹の竜が二人の方に歩を進めてくる。

シャーナの目にも、彼らが年老いた竜であるということがわかった。竜の寿命は長いと言うが、その長い長い時を緩慢に経てきたのだろう……という風貌をしていた。

緑の鱗に刻まれた深い皺。のっしのっしと歩くたびに、その鱗《はだ》はひび割れ剥がれてしまいそうだ。もちろん、鮮やかな緑色はすでに失われている。四肢は骨張り、巨体を支えるのがつらいかのように、不自然にひん曲がっていた。尾ももはや彼らの体重を受けとめる役には立っていない。ずるずると力なく地を這う尾は萎びた根菜にも似ていた。

——我らはヒトに追い落とされてここまで来た……。

年老いた竜たちのかすれ声。

——憶えている。

——憶えている。

——憶えて、いる。

竜たちは身の毛もよだつ……哀しさで啼いていた。

「人に、追い落とされた……？」

シャーナは鸚鵡返しに呟く。それは、聞いたこともない歴史だった。人間を滅びの危機に追いやったのは、竜。《悪竜《トラッチエスタ》》。シャーナは村長から、あるいは他の大人から、そう聞かされていた。

ふと横を見れば、セルダもまた驚いた表情を浮かべている。

（セルダも……知らなかった？）

——信じぬか？　信じられぬか？

――だが、我らは忘れぬ。

――新しく生まれた竜が、我らの歴史を忘れようと。

――我らにとっては、それは〝歴史〟などではなく。

――〝過去〟でもなく。

――思いだせば、今もなお涙することさえできる、生々しい〝記憶〟なのだから。

老竜たちの紅い瞳は、心なしか色素が薄いようだった。そのうっすらと紅い瞳が、いっせいに二人に向けられた。シャーナとセルダ。彼らはいつのまにか老竜たちに囲まれて、紅い視線に染めあげられていた。

――見よ。

――感じよ。

――我らの、〝記憶〟を。

そして二人は彼らの記憶に取り込まれていった。

シャーナは見た。人々の殺戮を。

セルダは聞いた。竜たちの嘆きの声を。

それは地上でウィナたちが見ていたのと寸分変わらぬ光景……。

しかし違ったのは。

耳をつんざく叫び声が、彼らを襲ったことだった。

その叫びに、二人は紅い悪夢から醒め――

そして、何かが始まった。


――ズゥウウウウウウウン……！

腹の底に響く重低音。セルダとシャーナは何かに突きあげられたかのような衝撃を受け、その場に倒れた。頑強な四つ足持つ竜たちは、転びこそしなかったものの、長い尻尾をばたんばたんと、何度も地面に叩きつけられていた。

「……地震？」

ようやく状況を把握したシャーナが、まずは上半身を立て直し、注意深くあたりを見回す。頭上からぱらぱらと落ちてくる欠片に……シャーナは最悪の想像をした。

「セルダ！　危ない！」

シャーナはセルダの腕を掴むと引き寄せ、胸の中に抱き込んだ。セルダに覆い被さったままの姿勢で……顔をあげる。

見たい。起こるすべてを見届けたい。彼女のつよい魂は、どんな危険をもってしてもねじ伏せることはできない。そしてシャーナのそんな意志を宿した琥珀の瞳は、次の瞬間に起こったことをはっきりと捉えた。

そう。竜さえ怯えて横臥した、そんな中で彼女は見たのだ。

――彼を。

頭上の岩を破り、激しい音を立てて地面に突き立ったのは……根。先ほどまで姉を……自分を絡め取っていた、彼。彼は次々とその触手《すがた》を現した。触手は暴れ回る。火口内を破壊しかねない勢いで。

――《最後に残ったもの《アストゥーラ》》よ、どうしたのだ！

竜たちが怯えたようにそう呼びかけるのが聞こえた。

(《最後に残ったもの》……)

ほんのひととき、自分をやさしく包んだその根の正体を、もうシャーナは知っていた。

最後に残ったもの――《竜樹《ルエナ》》。彼はなんと広く深く根を張ったことだろう。ティラドゥエル山の麓から、この火口の中まで根を這わすのに、いったいどのくらいの年月を経たのだろうか？

その根を見つめるうちに、シャーナに不思議な感情がわき起こった。シャーナはセルダから身を離すと、揺れ続ける地面の上に立ちあがった。

「シャーナ……？」

「大丈夫、心配いらない」

シャーナはわずかに口元をゆるめた。微笑《わら》ったのだ。彼女はセルダに背を向け、根に歩み寄っていった。

根は、暴れる。のたうつ。しかしシャーナは、怖くはなかった。怖くはないことが、不思議だとも思わなかった。

それがやさしい腕《かいな》であることを、彼女はすでに知っていたから。

シャーナは迷いなく足を踏みだす。無秩序に暴れ回っているように見えた根……しかし彼は、まるでシャーナに危害を及ぼさなかった。

――気でも狂ったのか……？

根に向けられた竜たちの台詞に、シャーナは違和感を覚えた。

(……竜たちには、わからない?)

彼は狂ってなどいない。彼の腕は、おそろしくつよい意志を持って、動かされている
……そうシャーナは感じていた。

シャーナは根に向かって手を差し伸べた。

根はシャーナを迎えるように、その腕に絡みついてくる。

あたたかい。

とても、あたたかい。

シャーナは理解し始めていた。

彼は、その腕でヒトを――〝生贄〟を、抱えていた。守っていた。決して、捉えていたのではなく。だからこそ彼の腕の中で、生贄は十年も生きてこられたのだろう、その身体を傷つけられ、血を流し続けながらも……。

自分たちの言うがままにヒトを絡め取る彼を、竜は〝味方〟と思っただろう。

しかし違うのだ。

――くるくる、くるくる。

竜樹の根は、シャーナの四肢に巻きついてくる。

「……セルダ」

シャーナは呼んだ。地べたに座り込んだままだったセルダは、シャーナに招かれてふらりと立ちあがる。彼の琥珀の瞳にもまた、恐怖はなかった。いやむしろ、彼の口元には笑みが浮かんでいた。

恐れなく進むセルダを、《竜樹》が妨げることはない。彼はすぐに、シャーナのもとへ辿り着いた。《竜樹》の絡まる彼女の手を、セルダは握った。

未だ遠巻きに二人を見ている竜たちに向き直ると、シャーナは言う、

「まだわからない？　竜樹は、どちらの味方でもなかった。彼は、ただ……繋ぎたかっただけ。彼の願いは、今も昔も、変わらない」

と。

竜たちは、それを否定するかのように高く吼えた。空気が震撼する。

それはおそらく呼び声だったのだろう――

竜たちの仰臥するその奥から、〝長老〟が現れた。

九、差し伸べられた手

するすると、触手が道を空けてゆく。

竜の長《おさ》を、尊ぶように。

彼は、厳かに二人の前まで来ると、その歩みを止めた。

巨《おお》きな瞳に吸い寄せられて、シャーナはいつしか彼から目が離せなくなっていた。その紅い双眸は、シャーナの頭ほどもある。

「あなたが……竜の長さま？」

語りかけたシャーナにセルダが首を振る。

「駄目だよシャーナ。長さまに言葉は通じない。長さまは唯一、ただの一度も人間の肉を喰らったこともなければ血を啜ったこともない、純粋な竜なんだ」

「じゃあどうすれば……伝えられるの？」

「……委ねるだけだよ。すべてを、ね」

セルダはゆっくり息を吐きだすと、瞼を閉ざした。シャーナもそれに倣う。

あたたかい空気が、シャーナを包み込んだ。それがなんなのか、すぐにシャーナは察した。息だ。竜の、すべてを伝え、すべてをわかりあえるという息だ。

しかし、シャーナもセルダも竜の長たるものの心を、直に感じ取ることはできない。シャーナは竜ではない。セルダもまた……。竜長の息を膚《はだ》に感じながら、シャーナは彼の心が頭の中で言葉に編み直されていく感覚を味わっていた。

ひとつの白い世界を、竜長とセルダ、そしてシャーナで共有している、そんな奇妙な感覚……。

——何が起こっている、セルダ？

竜長の問いかけが、シャーナの心に染み渡ってゆく。そしてまた、

——変化が、起こっています。

セルダの答えも。

——長老、僕は人間になりました。

——そうか。

竜長はセルダに対して、非難も軽蔑もしなかった。彼の心はあくまでも穏やかで、そこに濁りはなかった。彼は単純な……ひどく単純な問いを、セルダに放った。

――それで、どうだね？

――僕は、幸せです。とても、幸せです。

そしてそれが竜長の最後の問いとなった。

――そうか。

竜長の心と――同時にシャーナの心に広がっていったのは何であったのだろう。静かな思念……それは諦めにも似ていたが、それにしてはあたたかさが感じられた。

――ならばよい。

そのあたたかさは次第に大きくなり、やがてシャーナの心を包み込んでいった。

――行け。セルダ。迷いなく。お前の心と身体ただひとつ持って。シャーナ？

名乗ったわけではないのに、竜長はシャーナの名を知っていた。

――ヒトの娘よ。セルダを導き、導かれよ。お前たち二人は、はるか遠くに潰えた我らの望みを受け継ぐもの。その望みを地上に持ち帰れ。

――望み……とは？

シャーナの問いかけに、竜長は答えなかった。

ぱちん。弾ける、白い世界。我に返った二人を、竜長の巨きな紅い瞳が見守っていた。

しゅう、しゅう、しゅう。

竜長の口から洩れる呼吸音。彼は空気を吸い込んでいた。膨大に。《竜樹《ルエナ》》の浸食によって揺れ続けていた火口内に、新たな振動が加わった。

しゅうしゅうしゅう。しゅうしゅうしゅう。

奥歯の鳴る音。彼の牙の隙間を、風が通り抜けてゆく。

しゅうしゅうしゅうしゅうしゅうしゅう。

そして、竜長は。

その呼吸《いき》を一度に吐きだした。

「…………………!」

シャーナは息ができずに立ち尽くす。吸い込まれたときはただの空気であったはずの気体が、彼の口中を通り抜けただけで、何か特別な力を持ったものに変貌したかのようだった。

その息は——意思を持っていた。

セルダとシャーナは身体を寄せあう。

竜長の息は、そんな二人をやわらかく包み込んだ。そうして竜樹が彼らをその根《うで》に抱き取る。

「……ありがとう」

自然に、シャーナの口からそんな言葉がこぼれていた。誰に向けてなのか、何に対してなのかは彼女自身にもわからなかった。

「……シャーナ」

セルダの琥珀の瞳がシャーナを射る。つよく……それでいてやさしい彼の眼ざし。セルダがシャーナに頬を寄せる。あたたかかった。心強かった。

「行こうか……」

セルダの言葉に、シャーナが頷く。

そうして二人は――飛んだ。

息に守られ、腕《かいな》に背押されて。


「…………………」

ウィナは、《竜樹》に熱い眼ざしを向けたまま、黙り込んでいた。

足が小刻みに震えているのは、感激のためだった。

空を埋め尽くしていた光は、すべてウィナの首飾りに吸い込まれて消えた。

「ウィナ！」

その頃になってようやく、村長《むらおさ》たちが彼女に追いついてきた。光の帯を辿ってきたのだろう、彼らはまぶしそうに目をしばたたかせていた。

「いったい何が……起こってるのじゃ？　ウィナ……」

村長がウィナを見る目は、畏れのそれに近い。まるで巫女でも見るようだわ、とウィナは思った。

「《竜樹》の声が……心が……聞こえたんです。わたしはそれを、受けとめた……」

首飾りを握り締め、ウィナは村長たちを振り返った。

そのときだった。

「ひ……ひぃぃっ！」

村長を始めとした村人たちが、一斉に悲鳴をあげる。彼らはその場に尻餅をついた。あるいは這いつくばった。

——大地が揺れていた。

——大地が、割れていた。

《竜樹》の葉が、落ちる、落ちる。落ちて舞う。しかしそこに優雅さを感じていたのはどうやらウィナだけのようだった。村人は皆恐怖に顔を歪めて、口々にわめいている。

「天変地異だ！」

「竜の怒りだ！」

「待ちなさい！」

ひび割れゆく大地。村人が、蜘蛛の子を散らすように逃げていく……。

怒号。それはウィナの喉から放たれたものだった。村人たちは射すくめられたようにその足を止める。

「まだわからないの！　竜は……竜は怒ってなどいない。耳を……耳を澄ませて。傾けて。彼の祈りを、聞いて……。聞きなさい！」

ウィナはぎゅっ、と胸の前で手を合わせる。

(……祈ろう)

ウィナは思った。

(祈ろう、かつて《竜樹》《あなた》がそうしたように。今もそうしているように)

ウィナの身体から、汗とともに清冽な気が放たれてゆく。そして、村人たちは……彼女に倣った。祈った。瞳を閉ざして……。

《竜樹》が揺れた。風もないのに。

やがて瞼を開けたウィナは、村人たちは、見た。

そこに、ひとりの少年を引き連れて、雄々しく立つシャーナの姿を。

〝生贄〟だったはずの少女は、誰よりも生気に満ちた表情で、そこにいた。

ウィナの口元がゆるんでゆく。ウィナは自然にシャーナの前に踏みだしていた。

「やっぱり、戻ってきてくれたのね」

二人の琥珀の瞳がぶつかる。

「……うん」

シャーナは頷いた。

「首飾り……置いてきてしまった」

「いいのよ、そんなの……」

ちいさなことを気にするシャーナの几帳面さが、ウィナにはおかしかった。

隣に立つ少年が何者であるのか、ウィナはあえて尋ねようとはしなかった。シャーナの顔を見ただけで、ウィナにはわかっていたから。

——すべてがうまくいったのだと。

——そして、すべてがこれから始まるのだと。

ウィナは言った。

「……おかえりなさい」


嵐のような息が収まると、長老は火口の中を歩き始めた。

その長老の姿に何かつよい意志を感じたのか……竜たちはそれに付き従った。

四つ足の竜たちの行進。無言のままにそれは続けられた。

そして彼らは……長らく交流を絶っていた〝竜族〟の前に姿を現した——

「長老……」

人の姿をした〝竜族〟たちは彼の巨きな瞳を見、怯えたように後退《あとじさ》る。長老の眼ざしは、そこにいるすべてのものに対して、心を委ねることを促していた。

もちろん逆らうものはいない。

人の姿した竜も、竜の姿した竜も、彼に心を委ねた。

彼らの心に響く長老の想い《ことば》。

――二人は、行った。

――二人は、信じた。

――かつて我らの友が投げださず抱えていた〝望み〟を持って。

――我らの誰もが信じることができなかった〝望み〟を持って。

――だから、我らは祈ろう、今度こそその望みが果たされることを……。

竜たちの波立っていた心が少しずつ鎮まっていく……。彼らはもう気づいていた。あの少年と少女の持つつよさに。それは充分に自分たちの〝望み〟を託すに相応しい……。

――信じよう。ヒトを。

――祈ろう、わかりあえることを……。

「何よ！　なんなのよ！」

しかしそんな中で、彼らの思念から完全に孤立している者がいた。……シャーナの姉ラーナである。

彼女には長老の声が聞こえない。それは彼女が人間だからではない。

ラーナは敵意に満ちた瞳で竜たちを見回す。威嚇するような鋭い眼ざし。彼女は完全に心を閉ざしてしまっている。すべてから……。

「ねぇ……どうしたのよ！」

ラーナはスレドの肩を揺さぶる。スレドは、長老の方を向いたまま放心状態である。

「ねぇ……どうしたの？　怖かったんじゃなかったの？　あなたはわたしと同じじゃなかったの……？」

何を問いかけても、スレドは答えない。彼は今、長老と〝対話〟しているから……。

「なんなのよぉっ！」

ラーナは激しい苛立ちを覚え、首飾りを地面に叩きつけた。それは妹シャーナが彼女に託していった大切な……。

首飾りは、未だぼんやりと明滅を繰り返している。まるで、ラーナに語りかけるかのように。

「あたしはいいの……このままでいいの……どこにも行かないの……邪魔しないで、誰も……ねぇ……お願い……このままここに、静かにいさせて……」

ラーナは呼吸を乱し、へなへなとしゃがみ込んだ。妹の残していった首飾りを見つめる。

「あたしのシャーナ……可愛いシャーナ。あの子はどうして行ってしまったの？　あたしを置いて、どうして……？」

ラーナは胸を掻きむしる。狂おしげに。

「………？」

ラーナは不思議そうに目をしばたかせた。

じわじわと光を放ち続ける、その首飾りを拾った者がいたのだ。掌にそれをのせ、呼吸さえ止まっているかのように光に魅入られている。

スレドだった。

先ほどまで赤子のように怯えていた少年は、何かを決意したかのような琥珀の瞳で首飾りを凝視していた。やがて彼は……首飾りをつよく握り締めた。それと同時に彼の身体が震える。

「セルダ。お前は……行ったんだな……この身体と心たったひとつで？　何があるかもわからぬ地上へ？　かつておれたちを追いやった人の棲む大地へ？」

スレドは震える声で、すでに去った仲間に対して呼びかけていた。

「……のに」

スレドは蚊の鳴くような声で呟く。

「こんなに、怖いのに……」

と。

スレドは見あげる。彼の視線はすぐに火口内のでこぼことした岩に突き当たったけれども……おそらくスレドはもっともっと上を見ているのだ。仲間が旅立っていった地上。その地上に存在する空を……。

どのくらいそうしていたろうか。スレドの視線がゆっくりと降りてきた。そして今度は……ラーナを見つめた。

そうして彼は、こう言った。

「……行かないのか?」

ラーナは、スレドの言葉が理解できず呆然としている。

「行かないのか。おれは、行く」

すっ……とスレドは頭上を指差す。

「おれはもう、人間だから……行くしかないのだと思う。いや……行きたいのだと思う。ヒト……人間の世界へ」

スレドの琥珀の瞳は……輝き始めていた。

「うまく言えないが……求めている気がする。この心が。どこかへ行きたいと。何かを見たいと。不思議な感情が……わき起こってくる……人間になってから、おれの知らない感情が、次々とあふれてくる……これはいったい、なんだ？　でも行きたい、行きたいんだ……」

「やめて……！」

ラーナは耳を塞いだ。しかしスレドは容赦なくラーナの前に立ちはだかる。

「おれは行く。……行かないのか？」

スレドは何度もそう繰り返した。ラーナはこわごわ顔をあげ、スレドを見る。

そしてついに、彼女の心に隙が生じたのだろうか？

長老の言葉がラーナの心にも響いてきた……。

——二人は、行った。

——二人は、信じた。

——かつて我らの友が投げださず抱えていた〝望み〟を持って。

——我らの誰もが信じることができなかった〝望み〟を持って……。

ラーナは手で両耳を覆ったまま、心の中でわんわんと繰り返されるそれを聞いていた。その反響は胸を抉り、やがて彼女にはらはらと涙をこぼさせた。

「駄目よ……」

ラーナは掌を握り締め、無念そうに呟いた。

「勇気がないの、わたしには……」

「しかし……少なくとも〝望み〟はある」

スレドは遠い目をして呟いた。

「だから、行く。行かないのか？」

エピローグ・大樹の下で

ティラドゥエル山から帰還したシャーナと、彼女が連れてきた少年セルダはひとまず村《む》長《おさ》の邸へ引き取られた。

二人は村長を相手に長い長い話をした。

今まであったことのすべてを伝えるのには、多くの時間が必要だった。

村長の傍らには、ウィナがいた。村長とウィナは、シャーナが去ってから起こった村での出来事を、残さず話した。

話しあいが終わるその頃には、夜はしらじらと明けかけていた。ほとんど一昼夜かかっていたのだった。四人は言葉が尽きると、誰からともなく邸の外へでていった。

四人の胸には同じ想いが去来していた。彼らには、今いちばん逢いたいひとがいる。

まずシャーナ、次にセルダ、そして、村長の手を引きながらのウィナ、四人は彼の姿を求めて走った。

彼は変わらず、そこにいた。

——《竜樹《ルエナ》》。

そして、驚くべきことに、そこにはすべての村人たちがすでに集まっていたのだった。

彼らは《竜樹》の枝を、葉を、幹を、見あげた。呼吸さえ止まっているかのように。その瞳には途方もない感謝と愛情がこめられていて……。

「村長」

村人たちはシャーナたちの姿を認めると、潤んだ瞳で一斉に振り返った。

「おぬしら……わしは、ここに集まるように誰かに言づけたかの？　確かにわしは、今から皆を集めてシャーナとこの少年の話を伝えようと思っていたのじゃが……」

彼らは首を横に振る。その中のひとりの男が答えた。

「いいえ。みんな、自然に……なぜか自然にここに足が向いて……それで」

彼の口調は静かだったが、それは興奮を抑えながら話している、といった様子だった。

「村長？　信じられますか？　聞こえるんです。彼の声。《竜樹》の声。彼が語りかけてくるやさしい声が……」

もうほとんど彼の声は震えていた。

「聞こえる？　聞こえるの？　本当に？」

ウィナの顔が明るんでゆく。彼女は無邪気な幼児のように微笑むと、大樹に抱きついた。

「《竜樹》……《竜樹》……やっとよ……やっとあなたの声、みんなに届いた！」

ウィナが感極まって叫ぶ。シャーナとセルダもまた、《竜樹》に近づいた。二人を導き守ってくれた彼に。

「あ……？」

愛しげに《竜樹》を見あげた三人は、一斉に声をあげた。

――ひらり。ひらり。

ゆっくりと、優雅に舞い降りてきたのは……花びら？　シャーナはそれを掌に受けとめ、ぼんやりと見つめる。間違いない。花びらだ。琥珀色のごく薄い、今にも破れそうなか弱い花びらだ……。

《竜樹》がこの大地に芽吹いてからこの方、彼は一度だって花をつけたことなどない。それなのに……？

――ひらり、ひらり。

幻などではなかった。花びらは次々と、シャーナの、村人たちの頭上に降りそそいできた。

驚いて《竜樹》を見あげれば、そこには満開に咲き誇る花々。琥珀と紅の蕾が交互に開き、真夏の空を彩ってゆく。

「〝繋がった〟……………」

ウィナが呟いた。

彼らは、その夢のような光景をいつまでも、いつまでも見つめ続けていた。


それから毎年夏に、《竜樹》は必ず花を咲かせた。

うつくしい花々が散ると、立派な実がなる。《竜の実《カッテラ》》はもはや、人の手をかけなくても立派に成長するのだった。

《竜の実》の中身も変質した。今までは液体ばかりの《竜の実》だったが、新しい実には果肉がぎっしりと詰まっていた。《竜酒《トエラ》》を作るのに果肉を搾る手間が増えたと、村人たちは嬉しそうに愚痴った。

人々は実から取れた《竜樹》の種を蒔き、その芽吹きを心待ちにして過ごした。

何年目の夏のことだったろうか。

花吹雪の中、シャーナはそっとセルダの肩に身をもたせかけながら、ぼそりと言った。

「涙だったのかもしれないわね……」

突然の言葉に、セルダは問うようにシャーナを見た。

「《竜の実》。花咲かすことなく実だけをつけていた頃の中に詰まっていたあの水は、彼の涙だったのかもしれない、とふと思ったの」

セルダはくすりと笑った。この年月の間に少し大人びた表情を浮かべるようになった彼だが、その瞳の奥に宿る無邪気さは変わらない。

「でもきっと、哀しい涙じゃなかったよ。だって、シャーナは話してくれただろう？　手をかければ手をかけるほど《竜の実》は大きく育ったって。だったらそれはきっと、嬉し涙だよ」

「それならいいけど……」

「今度、《竜樹》に訊いてみなよ」

「そうね……」

そうだ。何かあったら直接訊けばいい。あたしたちはもう通じあえる。わかりあえるのだから。シャーナは思った。

セルダが頬を寄せてくる。その温もりを充分に感じたあとで、シャーナはセルダに唇寄せた。

長い長い口吻《くちづ》け。

シャーナはそっと瞼を閉ざす。言葉よりも雄弁なその行為も、すべてを伝えることはできないと、彼女はもう知っているのかもしれない。

けれど。それでも。だからこそ。

伝え続ける。この心を。

シャーナは祈るように思った。

どうか。どうか一度繋がったこの心がもう一度、離れてしまうことがありませんように。どうか、いつまでもあたしたちお互い繋がっていられますように……。

満開の《竜樹》の下でシャーナがしたその口吻けは、その誓いでもあるかのようだった。

遠くで子供たちが童歌《わらべうた》を歌っている。もうその歌声を止める大人はいない。

「……シャーナ」

「……セルダ」

ふと、懐かしい声を背後に聞いたように思って、二人は振り返った。

そこには、勇気をだした二人の〝人間〟が佇んでいた。

彼らは戻ってきたのだ。

「……おかえりなさい」

宝物のような孤独を、その胸に抱き締めて。

著者プロフィール

柿山 由子（かきやま ゆうこ）

1976年５月７日、東京都に生まれる。

1999年、京都橘女子大学文学部国文学科卒業。

竜の血族

2003年12月15日　初版第１刷発行

著　者　柿山 由子

発行者　瓜谷 綱延

発行所　株式会社文芸社

〒160-0022　東京都新宿区新宿１－10－１

電話　03-5369-3060（編集）

03-5369-2299（販売）

印刷所　東洋経済印刷株式会社

ISBN4-8355-6782-X C0093